Miguel de Cervantes Saavedra

El gallardo español

Barcelona **2024**
Linkgua-ediciones.com

Créditos

Título original: El gallardo español.

© 2024, Red ediciones S.L.

e-mail: info@linkgua.com

Diseño de cubierta: Michel Mallard.

ISBN tapa dura: 978-84-9897-377-8.
ISBN rústica: 978-84-9816-366-7.
ISBN ebook: 978-84-9897-230-6.

Sumario

Brevísima presentación

La vida

Miguel de Cervantes Saavedra (Alcalá de Henares, 1547-Madrid, 1616). España.

Era hijo de un cirujano, Rodrigo Cervantes, y de Leonor de Cortina. Se sabe muy poco de su infancia y adolescencia. Aunque se ha confirmado que era el cuarto entre siete hermanos. Las primeras noticias que se tienen de Cervantes son de su etapa de estudiante, en Madrid.

A los veintidós años se fue a Italia, para acompañar al cardenal Acquaviva. En 1571 participó en la batalla de Lepanto, donde sufrió heridas en el pecho y la mano izquierda. Y aunque su brazo quedó inutilizado, combatió después en Corfú, Ambarino y Túnez.

En 1584 se casó con Catalina de Palacios, no fue un matrimonio afortunado. Tres años más tarde, en 1587, se trasladó a Sevilla y fue comisario de abastos. En esa ciudad sufrió cárcel varias veces por sus problemas económicos, y hacia 1603 o 1604 se fue a Valladolid, allí también fue a prisión, esta vez acusado de un asesinato. Desde 1606, tras la publicación del Quijote, fue reconocido como un escritor famoso y vivió en Madrid.

El gallardo español recoge recuerdos autobiográficos del cautiverio de Cervantes, mezclados con referencias tomadas de la tradición heroica cristiano-morisca con marcado aliento caballeresco.

Personajes

Arlaxa, mora
Alimuzel, moro
Don Alonso de Córdoba, conde de Alcaudete, general de Orán
Don Fernando de Saavedra
Guzmám, capitán
Fratín, ingeniero
Un soldado
Cebrián, moro, criado de Alimuzel
Nacor, [jarife] moro
Don Martín de Córdoba
Uno, con una petición
Buitrago, soldado
Un Pajecillo
Oropesa, cautivo
Robledo, alférez
Vozmediano, anciano
Doqa Margarita, doncella en habito de hombre
Bairán, renegado
Un Moro
Don Juan de Valderrama
Roama, moro
Azán, rey de Argel
El rey del Cuco
El rey del Alabez
Don Francisco de Mendoza
Acompañamiento

Jornada primera

Arlaxa

Es el caso, Alimuzel,
que, a no traerme el cristiano,
te será el Amor tirano,
y yo te seré crüel.
    Quiérole preso y rendido,
aunque sano y sin cautela.

Alimuzel

¿Posible es que te desvela
deseo tan mal nacido?
    Conténtate que le mate,
si no pudiere rendille;
que detener al herille
el brazo, será dislate.
    Partiréme a Orán al punto,
y desafiaré al cristiano,
y haré por traerle sano,
pues no le quieres difunto.
    Pero, si acaso el rigor
de la cólera me incita
y su muerte solicita,
¿tengo de perder tu amor?
    ¿Está tan puesto en razón
Marte, desnuda la espada,
que la tenga nivelada
al peso de tu afición?

Arlaxa

Alimuzel, yo confieso
que tienes razón en parte;
que, en las hazañas de Marte,
hay muy pocas sin exceso,
    el cual se suele templar
con la cordura y valor.

Yo he puesto precio en mi amor:
mira si le puedes dar.
    Quiero ver la bizarría
deste que con miedo nombro,
deste espanto, deste asombro
de toda la Berbería;
    deste Fernando valiente,
ensalzador de su crisma
y coco de la morisma,
que nombrar su nombre siente;
    deste Atlante de su España,
su nuevo Cid, su Bernardo,
su don Manuel el gallardo
por una y otra hazaña.
    Quiero de cerca miralle,
pero rendido a mis pies.

Alimuzel   Haz cuenta que ya lo ves,
                  puesto que dé en ayudalle
                          todo el cielo.

Arlaxa   Pues, ¿qué esperas?

Alimuzel   Espero a ver si te burlas;
                  aunque para mí tus burlas
                  siempre han sido puras veras.
                      Comedido, como amante,
                  soy, y solo sé decirte
                  que el deseo de servirte
                  me hacer ser arrogante.
                      Puedes de mí prometerte
                  imposibles sobrehumanos,
                  mil prisioneros cristianos
                  que vengan a obedecerte.

Arlaxa	Tráeme solamente al fuerte
	don Fernando Saavedra,
	que con él veré que medra
	y se mejora mi suerte;
	y aun la tuya, pues te doy
	palabra que he de ser tuya,
	como el hecho se concluya
	a mi gusto.

Alimuzel	Quizá hoy
	oirán los muros de Orán
	mi voz en el desafío,
	y aun de los cielos confío,
	que luz y vida nos dan,
	que han de acudir a mi intento
	con suceso venturoso.

Arlaxa	Parte, Alimuzel famoso.

Alimuzel	Fuerzas de tu mandamiento
	me llevan tan alentado,
	que acabaré con valor
	el imposible mayor
	que se hubiere imaginado.

Arlaxa	Ve en paz, que de aquesta guerra
	la vitoria te adivino.

Alimuzel	¡Queda en paz, rostro divino,
	ángel que mora en la tierra,
	bizarra sobre los hombres
	que a guerra a Marte provoca[n],
	a quien de excelencias tocan

11

mil títulos y renombres;
    en estremo poderosa
de dar tormento y placer,
yelo que nos hace arder
en viva llama amorosa!
    Que[da] en paz, que, sin tu Sol,
ya camino en noche escura;
resucite mi ventura
la muerte deste español.
    Mas, ¡ay, que no he de matalle,
sino prendelle y no más!
¿Quién tal deseo jamás
vio, ni pudo imaginalle?

Fratín   Hase de alzar, señor, esta cortina
a peso de aquel cubo, que responde
a éste que descubre la marina.
    De la silla esta parte no se esconde;
mas, ¿qué aprovecha, si no está en defensa,
ni Almarza a nuestro intento corresponde?

Don Alonso   El cerco es cierto, y más cierta la ofensa,
si ya no son cortinas y muralla
de vuestros brazos la virtud inmensa.
    Donde el deseo de la fama se halla,
las defensas se estiman en un cero,
y a campo abierto salta a la batalla.
    Venga, pues, la morisma, que yo espero
en Dios y en vuestras manos vencedoras
que volverá el león manso cordero.
    Los Argos, centinelas veladoras,
miren al mar y miren a la tierra
en las del día y las nocturnas horas.
    No hay disculpa al descuido que en la guerra

se hace, por pequeño que parezca,
que pierde mucho quien en poco yerra;
    y si aviniere que el cabello ofrezca
la ligera ocasión, ha de tomarse,
antes que a espaldas vueltas desparezca:
    que, en la guerra, el perderse o el ganarse
suele estar en un punto, que, si pasa,
vendrá el de estar quejoso y no vengarse.
    En su pajiza, pobre y débil casa
se defiende el pastor del Sol ardiente
que el campo agosta y la montaña abrasa.
    Quiero inferir que puede ser valiente
detrás de un muro un corazón medroso,
cuando a sus lados que le animan siente.

Soldado   Señor, con ademán bravo y airoso,
picando un alazán, un moro viene
y a la ciudad se acerca presuroso.
    Bien es verdad que a veces se detiene
y mira a todas partes, recatado,
como quien miedo y osadía tiene.
    Adarga blanca trae, y alfanje al lado,
lanza con bandereta de seguro,
y el bonete con plumas adornado.
    Puedes, si gustas, verle desde el muro.

Don Alonso   Bien de aquí se descubre; ya le veo.
Si es embajada, yo le doy seguro.

Don Fernando   Antes es desafío, a lo que creo.

Alimuzel   Escuchadme, los de Orán,
caballeros y soldados,
que firmáis con nuestra sangre

vuestros hechos señalados.
Alimuzel soy, un moro
de aquellos que son llamados
galanes de Melïona,
tan valientes como hidalgos.
No me trae aquí Mahoma
a averiguar en el campo
si su secta es buena o mala,
que él tiene deso cuidado.
Tráeme otro dios más brioso,
que es tan soberbio y tan manso,
que ya parece cordero,
y ya león irritado.
Y este dios, que así me impele,
es de una mora vasallo,
que es reina de la hermosura,
de quien soy humilde esclavo.
No quiero decir que hiendo,
que destrozo, parto o rajo;
que animoso, y no arrogante,
es el buen enamorado.
Amo, en fin, y he dicho mucho
en solo decir que amo,
para daros a entender
que puedo estimarme en algo.
Pero, sea yo quien fuere,
basta que me muestro armado
ante estos soberbios muros,
de tantos buenos guardados;
que si no es señal de loco,
será indicio de que he dado
palabra que he de cumplilla
o quedar muerto en el campo.
Y así, a ti te desafío,

don Fernando el fuerte, el bravo,
tan infamia de los moros
cuanto prez de los cristianos.
Bien se verá en lo que he dicho
que, aunque haya otros Fernandos,
es aquel de Saavedra
a quien a batalla llamo.
Tu fama, que no se encierra
en límites, ha llegado
a los oídos de Arlaxa,
de la belleza milagro.
Quiere verte; mas no muerto,
sino preso, y hame dado
el asumpto de prenderte:
mira si es pequeño el cargo.
Yo prometí de hacello,
porque el que está enamorado,
los más arduos imposibles
facilita y hace llano.
Y, para darte ocasión
de que salgas mano a mano
a verte conmigo agora,
destas cosas te hago cargo:
que peleas desde lejos,
que el arcabuz es tu amparo,
que en comunidad aguijas
y a solas te vas de espacio;
que eres Ulises nocturno,
no Telamón al Sol claro;
que nunca mides tu espada
con otra, a fuer de hidalgo.
Si no sales, verdad digo;
si sales, quedará llano,
ya vencido o vencedor,

que tu fama no habla en vano.
Aquí, junto a Canastel,
solo te estaré esperando
hasta que mañana el Sol
llegue al Poniente su carro.
Del que fuere vencedor
ha de ser el otro esclavo:
premio rico y premio honesto.
Ven, que espero, don Fernando.

Don Alonso   Don Fernando, ¿qué os parece?

Don Fernando   Que es el moro comedido
                    y valiente, y que merece
                    ser de Amor favorecido
                    en el trance que se ofrece.

Don Alonso   Luego, ¿pensáis de salir?

Don Fernando   Bien se puede esto inferir
                    de su demanda y mi celo,
                    pues ya se sabe que suelo
                    a lo que es honra acudir.
                        Déme vuestra señoría
                    licencia, que es bien que salga
                    antes que se pase el día.

Don Alonso   No es posible que ahora os valga
                    vuestra noble valentía.
                        No quiero que allá salgáis,
                    porque hallaréis, si miráis
                    a la soldadesca ley,
                    que obligado a vuestro rey
                    mucho más que a vos estáis.

En la guerra, usanza es vieja,
y aun ley casi principal
a toda razón aneja,
que por causa general
la particular se deja.

Porque no es suyo el soldado
que está en presidio encerrado
sino de aquél que le encierra,
y no ha de hacer otra guerra
sino a la que se ha obligado.

En ningún modo sois vuestro,
sino del rey, y en su nombre
sois mío, según lo muestro;
y yo no aventuro un hombre
que es de la guerra maestro
        por la simple niñería
de una amorosa porfía;
don Fernando, esto es verdad.

Don Fernando   ¡De extraña reguridad
usa vuestra señoría
        conmigo! ¿Qué dirá el moro?

Don Alonso   Diga lo que él más quisiere;
que yo guardo aquí el decoro
que la guerra pide y quiere;
y della ninguno ignoro.

Don Fernando   Respóndasele, a lo menos,
y sepa que por tus buenos
respetos allá no salgo.

Guzmán   No os tendrá por esto el galgo,
señor don Fernando, en menos.

Don Alonso	Lleve el capitán Guzmán la respuesta.
Guzmán	Sí haré, y, ¡voto a tal!, si me dan licencia, que yo le dé al morico ganapán tal rato, que quede frío de amor con el desafío.
Don Alonso	Respondedle cortésmente con el término prudente que de vuestro ingenio fío.
Guzmán	¿Queréis que, en vez de respuesta, os le dé una mano tal, que se concluya la fiesta?
Don Fernando	Que me estará a mí muy mal eso, es cosa manifiesta. Solo a mí me desafía, y gran mengua me sería que otro por mí pelease. Mas si el moro me esperase allí siquiera otro día, yo le saldré a responder, a pesar de todo el mundo que lo quiera defender.
Guzmán	¿En qué os fundáis?
Don Fernando	Yo me fundo en esto que pienso hacer:

el lunes soy yo de ronda,
y, cuando la noche esconda
la luz con su manto escuro,
arrojaréme del muro
a la cava.

Guzmán   Está muy honda
                         y podríais peligrar.

Don Fernando   Póneme en los pies el brío
                mil alas para volar.
                Todo aquesto de vos fío.

Guzmán   Ya sabéis que sé callar.
                   Dejadme salir primero,
                porque de mi industria espero
                que saldréis bien deste hecho.

Don Fernando   Sois amigo de provecho.

Guzmán   Sí, porque soy verdadero.

Alimuzel   Átale allí, Cebrián,
                   al tronco de aquella palma;
                repose el fuerte alazán
                mientras reposa mi alma
                los cuidados que le dan.
                   Aquí a solas daré al llanto
                las riendas, o al pensar santo
                en las memorias de Arlaxa,
                en tanto que al campo baja
                aquél que se estima en tanto.
                   ¡Venturoso tú, cristiano,
                que puedes a tus despojos

añadir el más que humano,
que es querer verte los ojos
del cielo que adoro en vano!

    Y más que pena recibo
desto que en el alma escribo
con celoso desconcierto:
que a mí me quieren ver muerto
y a ti te quieren ver vivo.

    Pero yo no haré locura
semejante; que, si venzo,
o por fuerza o por ventura,
daré a mis glorias comienzo,
dándote aquí sepultura.

    Mas, si te hago morir,
¿cómo podré yo cumplir
lo que Arlaxa me ha mandado?
¡Oh triste y dudoso estado,
insufrible de sufrir!

    Parleras aves, que al viento
esparcís quejas de amor,
¿qué haré en el mal que siento?
¿Daré la rienda al rigor,
o al cortés comedimiento?

    Mas démosla al sueño agora;
perdonadme, hermosa mora,
si aplico sin tu licencia
este alivio a la dolencia
que en mi alma triste mora.

Nacor   Mahoma, ya que el Amor
en mis dichas no consiente,
muéstrame tú tu favor:
mira que soy tu pariente,
el infelice Nacor.

Jarife soy de tu casta,
y no me respeta el asta
de Amor que blande en mi pecho,
un blanco a sus tiros hecho,
do todas sus flechas gasta.

    Y más, y no sé qué es esto,
que, con ser enamorado,
soy de tan bajo supuesto,
que no hay conejo acosado
más cobarde ni más presto.

    Desto será buen testigo
el ver aquí mi enemigo
dormido, y no osar tocalle,
deseando de matalle
por venganza y por castigo.

    Que esté celoso y con miedo,
por Alá, que es cosa nueva.
¿Llegaré, o estarme he quedo?
¿Cortaré en segura prueba
este gordïano enredo?

    Que si éste quito delante,
podrá ser que vuelva amante
el pecho de Arlaxa ingrato.
Muérome porque no mato;
oso y tiemblo en un instante.

Guzmán   ¿Eres tú el desafiador
de don Fernando, por dicha?

Nacor   No tengo yo ese valor;
que el corazón con desdicha
es morada del temor.

    Aquél es que está allí echado;
moro tan afortunado,

que Arlaxa le manda y mira.

Guzmán   Paréceme que suspira.

Nacor   Sí hará, que está enamorado.

Guzmán   ¡Alimuzel!

Alimuzel   ¿Quién me llama?

Guzmán   Mal acudirás, durmiendo,
                        al servicio de tu dama.

Alimuzel   En el sueño va adquiriendo
                        fuerzas la amorosa llama,
                            porque en él se representan
                        visiones que me atormentan,
                        obligaciones que guarde,
                        miedos que me hacen cobarde
                        y celos que más me alientan.
                            Mirándote estoy, y veo
                        cuán propio es de la mujer
                        tener estraño deseo.
                        Cosas hay en ti que ver,
                        no que admirar.

Guzmán   Yo lo creo;
                        pero, ¿por qué dices eso?

Alimuzel   Don Fernando, yo confieso
                        que tu buen talle y buen brío
                        llega y se aventaja al mío,
                        pero no en muy grande exceso;
                            y si no es por el gran nombre

que entre la morisma tienes
de ser en las armas hombre,
ninguna cosa contienes
que enamores ni que asombre;
    y yo no sé por qué Arlaxa
tanto se angustia y trabaja
por verte, y vivo, que es más.

Guzmán   Engañado, moro, estás:
tu vano discurso ataja,
        que yo no soy don Fernando.

Alimuzel   Pues, ¿quién eres?

Guzmán   Un su amigo
    y embajador.

Alimuzel   Dime cuándo
espera verse conmigo,
porque le estoy aguardando.

Guzmán   Has de saber, moro diestro,
que el sabio general nuestro
que salga no le consiente.

Alimuzel   Pues, ¿por qué?

Guzmán   Porque es prudente
y en la guerra gran maestro.
    Teme el cerco que se espera,
y no quiere aventurar
en empresa tan ligera
una espada que en cortar
es entre muchas primera.

Pero dice don Fernando
que le estés aquí aguardando
hasta el lunes, que él te jura
salir en la noche escura,
aunque rompa cualquier bando.
    Si aquesto no te contenta,
y quieres probar la suerte
con menos daño y afrenta,
tu brazo gallardo y fuerte
con éste, que es flaco, tienta,
    y a tu mora llevarás,
si me vences, quizá más
que en llevar a don Fernando.

Alimuzel   No estoy en eso pensando;
                    muy descaminado vas.
                        No eres tú por quien me envía
                    Arlaxa, y, aunque te prenda,
                    no saldré con mi porfía.
                    Haz que don Fernando entienda
                    que le aguardaré ese día
                        que pide, y si le venciere,
                    y entonces tu gusto fuere
                    probarme en el marcial juego,
                    mi voluntad hará luego
                    lo que la tuya quisiere;
                        que ya sabes que no es dado
                    dejar la empresa primera
                    por la segunda al soldado.

Guzmán   Es verdad.

Alimuzel   Desa manera
                    bien quedaré desculpado.

Guzmán	Dices muy bien.
Alimuzel	Sí, bien digo. Vuélvete, y dile a tu amigo que le espero y que no tarde.
Guzmán	Tu Mahoma, Alí, te guarde.
Alimuzel	Tu Cristo vaya contigo. Nacor, ¿qué es esto? ¿A qué vienes?
Nacor	A ver cómo en esta empresa tan peligrosa te avienes; y por Alá que me pesa de ver que en punto la tienes, que el de tu muerte está a punto.
Alimuzel	¿En qué modo?
Nacor	En que barrunto que, si de noche peleas, sobre ti no es mucho veas todo un ejército junto. Esto de no estar en mano de don Fernando el salir, tenlo por ligero y vano; que se suele prevenir con astucias el cristiano. De noche quieren cogerte, porque al matarte o prenderte, aun el Sol no sea testigo. No creas a tu enemigo;

Alí, procura volverte,
   que bien disculpado irás
con Arlaxa, pues has hecho
lo que es posible, y aun más.

Alimuzel   Consejos de sabio pecho
son, Nacor, los que me das;
   pero no puedo admitillos,
ni menos con gusto oíllos;
que tiene el Amor echados
a mis oídos, candados;
a los pies y alma, grillos.

Nacor   Para mejor ocasión
te guarda, porque es cordura
prevenir a la intención
del que a su salvo procura
su gloria y tu perdición.
   Ven, que a Arlaxa daré cuenta
de modo que diga y sienta
que eres vencedor osado,
pues si no sale el llamado,
en sí se queda la afrenta.
   Cuanto más, que, cuando venga
el cerco desta ciudad,
que ya no hay quien le detenga,
podrás, a tu voluntad,
hacer lo que más convenga;
   que entonces saldrá el cristiano,
si es arrogante y lozano,
al campo abierto, sin duda.

Alimuzel   Bien es, Nacor, que yo acuda
a tu consejo, que es sano.

Ven y vamos, pues podré,
en este cerco que dices,
cumplir lo que aquí falté;
mas mira que me autorices
con Arlaxa.

Nacor   Sí haré.
(Aparte.)   (Sentirá Arlaxa la mengua
que tanto al cristiano amengua,
haciéndole della alarde;
vos quedaréis por cobarde,
o mal me andará la lengua.)

Don Alonso   Señor don Martín, conviene
que vuesa merced acuda
a Mazalquivir, que tiene
necesidad de la ayuda
que vuestro esfuerzo contiene;
    que allí acudirá primero
el enemigo ligero.
Mas, que venzáis no lo dudo;
que el cobarde está desnudo,
aunque se vista de acero.
    En su muchedumbre estriba
aquesta mora canalla,
que así se nos muestra esquiva;
mas, cuando defensa halla,
se humilla, prostra y derriba.
    Sus gustos, sus algazaras,
si bien en ello reparas,
son el canto del medroso;
calla el león animoso
entre las balas y jaras.

Don Martín	Por mi caudillo y mi hermano te obedezco, y haré cuanto fuere, señor, en mi mano; que ni de gritos me espanto, ni de tumulto pagano. Dame, señor, municiones, que en el trance que me pones pienso, si no faltan ellas, poner sobre las estrellas los españoles blasones.
Uno	Señor, dame licencia que te lea aquesta petición.
Don Alonso.	Lee en buen hora.
Uno	Doña Isabel de Avellaneda, en nombre de todas las mujeres desta tierra, dice que llegó ayer a su noticia que, por temor del cerco que se espera, quieres que quede la cuidad vacía de gente inútil, enviando a España las mujeres, los viejos y los niños: resolución prudente, aunque medrosa. Y apelan desto a ti, de ti, diciendo que ellas se ofrecen de acudir al muro, ya con tierra o fajina, o ya con lienzos bañados en vinagre, con que limpien el sudor de los fieros combatientes que asistan al rigor de los asaltos; que tomarán la sangre a los heridos; que las más pequeñuelas harán hilas, dando la mano al lienzo y voz al cielo; con tiernas virginales rogativas,

pidiendo a Dios misericordia, en tanto
que los robustos brazos de sus padres
defiendan sus murallas y sus vidas;
que los niños darán de buena gana
para enviar a España con los viejos,
pues no pueden servir de cosa alguna;
mas ellas, que por útiles se tienen,
no irán de ningún modo, porque piensan,
por Dios, y por su ley y por su patria,
morir sirviendo a Dios, y en la muerte,
cuando el hado les fuere inexorable,
dar el último vale a sus maridos,
o ya cerrar los ojos a sus padres
con tristes y cristianos sentimientos.
En fin, serán, señor, de más provecho
que daño, por lo cual te ruegan todas
que revoques, señor, lo que ordenaste,
en cuanto toca a las mujeres solo,
que en ello harás a Dios servicio grande,
merced a ellas y favor inmenso.
Esto la petición, señor, contiene.

Don Alonso   Nunca tal me pasó por pensamiento;
nunca tanto el temor se ha apoderado
de mí, que hiciese prevención tan triste.
Por respuesta llevad que yo agradezco
y admito su gallardo ofrecimiento,
y que de su valor tendrá la fama
cuidado de escribirle y de grabarle
en láminas de bronce, porque viva
siglos eternos. Y esto les respondo,
y andad con Dios.

Uno   Por cierto que han mostrado

de espartanas valor, de argivas brío.

Don Alonso   Pues, capitán Guzmán, ¿qué dice el
moro?

Guzmán   Ya se fue malcontento.

Don Fernando   (¿Es ido cierto?

Guzmán   Aguardándote está, porque es valiente
y discreto además en lo que muestra.)

Don Fernando   (Saldré, sin duda.)

Guzmán   (No sé si lo aciertas,
que está muy cerca el cerco.)

Don Fernando   (Si le venzo,
presto me volveré; si soy vencido,
poca falta haré, pues poco valgo.)

Don Alonso   ¡Bravo parece el moro!

Guzmán   Bravo, cierto,
y muy enamorado y comedido.

Buitrago   Denme para las ánimas, señores,
pues saben que me importa.

Don Alonso.   ¡Oh buen Buitrago!
¿Cuánto ha caído hoy?

Buitrago   Hasta tres cuartos.

Don Martín	¿Dellos, qué habéis comprado?
Buitrago	Casi nada: una asadura sola y cien sardinas.
Don Martín	Harto habrá para hoy.
Buitrago	¡Por Santo Nuflo, que apenas hay para que masque un diente!
Don Martín	Comeréis hoy conmigo.
Buitrago	Dese modo, habrá para almorzar en lo comprado.
Don Martín	¿Y la ración?
Buitrago	¿Qué? ¿La ración? Ya asiste a un lado del estómago, y no ocupa cuanto una casa de ajedrez pequeña.
Don Fernando	¡Gran comedor!
Guzmán	Tan grande, que le ha dado el conde esta demanda porque pueda sustentarse con ella.
Buitrago	¿Qué aprovecha? Que, como saben todos que no hay ánima a quien haga decir solo un responso, si me dan medio cuarto, es por milagro; y así, pienso pedir para mi cuerpo, y no para las ánimas.

Don Martín	Sería
	gran discreción.
Buitrago	¡Oh, pese a mi linaje!,
	¿No sabe todo el mundo que, si como
	por seis, que suelo pelear por siete?
	¡Cuerpo de Dios conmigo! Denme ripio
	suficiente a la boca, y denme moros
	a las manos a pares y a millares:
	verán quién es Buitrago y si merece
	comer por diez, pues que pelea por veinte.
Don Alonso	Tiene razón Buitrago; mas agora,
	si llega el cerco, mostrará sus bríos,
	y haré yo que le den siete raciones
	con tal que cese la demanda.
Buitrago	Cese,
	que entonces no habrá lengua, y habrá manos;
	no hay pedir, sino dar; no hay sacar almas,
	del purgatorio entonces, sino espiches,
	para meter en el infierno muchas
	de la mora canalla que se espera.
Pajecillo	¡Daca el alma, Buitrago, daca el alma!
Buitrago	¡Hijo de puta, y puto; y miente, y calle!
	¿No sabe el cornudillo, sea quien fuere,
	que, aunque tenga cien cuerpos y cien almas
	para dar por mi rey, no daré una
	si me la piden dese modo infame?
Don Martín	Otra vez, Cereceda.

Pajecillo	¡Daca el alma!
Buitrago	¡Por vida de...!
Don Alons.	Buitrago, con paciencia: no la deis vos, por más que os la demanden.
Buitrago	¡Que tenga atrevimiento un pajecillo de pedirme a mí el alma! ¡Voto a Cristo, que, a no estar aquí el conde, don hediondo, que os sacara la vuestra a puntillazos, aunque me lo impidiera el mismo diablo por prenda suya!
Don Alons.	No haya más, Buitrago; guardad vuestra alma, y dadnos vuestras manos, que serán menester, yo os lo prometo.
Buitrago	Denme para las ánimas agora, que todo se andará.
Don Martín	Tomad.
Buitrago	¡Oh invicto don Martín, generoso! Por mi diestra, que he de ser tu soldado, si, por dicha, vas a Mazalquivir, como se ha dicho.
Don Martín	Seréis mi camarada y compañero.
Buitrago	¡Vive Dios, que eres bravo caballero!
Arlaxa	¡Mucho tarda Alimuzel!

Cristiano, no sé qué sea.

Oropesa   Fuiste, señora, con él
otra segunda Medea,
famosa por ser crüel.
    A una empresa le enviaste
que parece que mostraste
que te era en odio su vida.

Arlaxa   Yo fui parte en su partida,
tú el todo, pues la causaste.
    Las alabanzas estrañas
que aplicaste a aquel Fernando,
contándome sus hazañas,
se me fueron estampando
en medio de las entrañas;
    y de allí nació un deseo
no lascivo, torpe o feo,
aunque vano por curioso,
de ver a un hombre famoso
más de los que siempre veo.
    Más que discreta, curiosa,
ordené que Alimuzel
fuese a la empresa dudosa;
no por mostrarme con él
ingrata ni rigurosa.
    Y muéstrame su tardanza
que me engañó la esperanza,
y que es premio merecido
del deseo mal nacido
tenelle quien no le alcanza.
    Yo tengo un alma bizarra
y varonil, de tal suerte,
que gusto del que desgarra

y más allá de la muerte
tira atrevido la barra.
　　Huélgome de ver a un hombre
de tal valor y tal nombre,
que con los dientes tarace,
con las manos despedace
y con los ojos asombre.

Oropesa　　　　　　Pues si viene Alimuzel,
y a don Fernando trae preso,
no verás, señora, en él
ninguna cosa en exceso
de las que te he dicho dél.
　　Tendrásme por hablador,
y será más el valor
de Alimuzel conocido,
pues la fama del vencido
se pasa en el vencedor.
　　Pero si acaso da el cielo
a don Fernando vitoria,
cierto está tu desconsuelo,
pues su fama en tu memoria
alzará más alto el vuelo,
　　y de no poderle ver,
vendrá el deseo a crecer
de velle.

Arlaxa　　　　　　Tienes razón:
parienta es la confusión
del discurso de mujer.

Alimuzel　　　　　Dadle la mano, señora,
o los pies a aqueste esclavo,
que con el alma os adora.

Arlaxa	¿Cómo en corazón tan bravo tanta humildad, señor, mora? 　Alzaos, no estéis dese modo.
Alimuzel	A tu gusto me acomodo.
Arlaxa	¿Sois vencido, o vencedor?
Alimuzel	Todo lo dirá Nacor, que se halló presente a todo.
Nacor	No quiso el desafïado acudir al desafío, aunque bien se ha disculpado.
Arlaxa	¿ése es soldado de brío, tan temido y alabado? 　¿Cómo pudo dar disculpa buena de tan fea culpa?
Nacor	Su general le detuvo, que él ninguna culpa tuvo, aunque Alimuzel le culpa; 　que él saliera al campo abierto, a esperarle un día más, según quedó en el concierto.
Alimuzel	Nacor, endiablado estás; no sé cómo no te he muerto.
Nacor	Mal haces de amenazarme, ni, soberbio, ocasión darme para que contigo rife,

	pues sabes que soy jarife,
	y que pecas en tocarme.
Arlaxa	Paso, mi señor valiente,
	que entiendo deste contraste,
	sin que ninguno le cuente,
	que ni él salió, ni esperaste.
Nacor	Es así.
Alimuzel	¡Un jarife miente!
	¡Por Alá, que es gran maldad!
Nacor	¿No se muestra la verdad
	en que te vienes sin él?
Alimuzel	¿Pude yo verme con él,
	encerrado en la ciudad?
	¿No sabes lo que pasó,
	y la embajada que trajo
	quien por él me respondió?
Nacor	Sé que a esperar se redujo
	el trance, y más no sé yo.
Alimuzel	¿Por consejo no me diste
	que me volviese?
Nacor	Hiciste
	mal; yo bien, porque pensaba
	que a un cobarde aconsejaba.
Alimuzel	¡El diablo se me reviste!
	¡Incita a hacerte pedazos!

Nacor	Jarife soy; no me toques con los dientes ni los brazos, ni a que te dé me provoques duros y fuertes abrazos; 　que ya sabes que Mahoma por suya la causa toma del jarife, y le defiende, y al soberbio que le ofende a sus pies le humilla y doma.
Alimuzel	¿Qué es aquesto?
Primero	A este cristiano cautivó tu escuadra ayer junto a Orán.
Don Fernando	¡Miente el villano! Yo me entregué, sin poner pies a huir ni a espada mano. 　Si no quisiera entregarme, no pudieran cautivarme tres escuadras, ni aun trecientas.
Alimuzel	Estás cautivo y revientas de bravo.
Don Fernando	Puedo alabarme.
Arlaxa	¿Quién eres?
Don Fernando	Soy un soldado que me he venido a entregar a vuestra prisión de grado,

	por no poder tolerar ser valiente y mal pagado.
Arlaxa	Luego, ¿quieres ser cautivo?
Don Fernando	De serlo gusto recibo; dadme patrón que me mande.
Arlaxa	¡Qué disparate tan grande!
Don Fernando	Yo de disparates vivo.
Oropesa	Éste es don Fernando, cierto, el que yo tanto alabé, y ni viene preso o muerto, ni cómo viene no sé, ni atino su desconcierto. El callar será acertado, hasta hablalle en apartado, que me admira su venida.
Alimuzel	¿Seréis, Arlaxa, servida de que os sirva este soldado? Que si ayer fue el primer día que salió de Orán, dirá si hice lo que debía; que yo entiendo que sabrá mi valor o cobardía. Dime: ¿oíste un desafío que hizo un moro vacío de ventura y de fe lleno?
Don Fernando	Y fue tenido por bueno, bien crïado y de gran brío.

El retado no salió,
que lo estorbó el general
por cierta ley que halló;
pero después, por su mal,
que vino al campo sé yo,
    pensando de hallar allí
al valeroso Alí,
porque salimos los dos:
él a combatir con vos,
yo para venir aquí,
    que ya os conozco en el talle.

Alimuzel   Pues esto es verdad, señora,
bien será que Nacor calle.

Oropesa   ¡Oh! Si llegase la hora
en que pudiese hablalle,
    ¡qué de cosas le diría!

Nacor   ¿No se ve tu cobardía,
si el cristiano salió a verte,
y tú quisiste volverte
sin esperar más de un día?

Alimuzel   Si tú no hicieras alarde
de tu ingenio caviloso,
yo volviera nunca o tarde.

Nacor   Consejos de religioso
presto los toma el cobarde.

Alimuzel   Arlaxa, yo volveré,
y a tu presencia traeré,
o muerto o preso, al cristiano.

Nacor	Ya tu vuelta será en vano.

Arlaxa	No le quiero, déjale;
	    que, pues a la voz primera
	no saltó de la muralla
	y empuñó la espada fiera,
	la fama que en él se halla
	no debe ser verdadera;
	    y así, ya no quiero velle,
	aunque, si puedes traelle
	sin tu daño, darme has gusto.

Don Fernando	Es don Fernando robusto y habrá qué hacer en prendelle. Conózcole como a mí, y sé que es de condición que sabrá volver por sí, y aun buscará la ocasión para responder a Alí.
Arlaxa	¿Es valiente?
Don Fernando	Como yo.
Arlaxa	¿De buen rostro?
Don Fernando	Aqueso no, porque me parece mucho.
Alimuzel	¡Todo esto con rabia escucho!
Arlaxa	¿Tiene amor?

Don Fernando	Ya le dejó.
Arlaxa	¿Luego túvole?
Don Fernando	Sí creo.
Arlaxa	¿Será mudable?
Don Fernando	No es fuerza que sea eterno un deseo.
Arlaxa	¿Tiene brío?
Don Fernando	Y tiene fuerza.
Arlaxa	¿Es galán?
Don Fernando	De buen aseo.
Arlaxa	¿Raja y hiende?
Don Fernando	Tronca y parte.
Arlaxa	¿Es diestro?
Don Fernando	Como otro Marte.
Arlaxa	¿Atrevido?
Don Fernando	Es un león.
Arlaxa (Aparte.)	(Partes todas éstas son, cristiano, para adorar[t]e, a ser moro.)

Alimuzel	Calla, Arlaxa, pues tienes aquí delante quien por tu gusto trabaja.
Arlaxa	Gusto yo de un arrogante que bravea, hiende y raja. que te doy mi fe y mi mano, si le traes, de ser tu esposa.
Don Fernando	Tú le mandas una cosa donde ha de sudar en vano.
Nacor	¡Soberbios sois los cristianos!
Don Fernando	Eslo, al menos, quien se alaba.
Alimuzel	Aquí hay quien con ufano[s] bríos quitará la clava a Hércules de las manos; aquí hay quien, a pesar de quien lo quiera estorbar, Arlaxa, hará lo que mandas.
Don Fernando	A veces se mandan mandas que nunca se piensan dar, y a las veces las promete quien no las quiere cumplir ni puede.
Nacor	¿Quién te mete a ti en eso?
Don Fernando	Sé decir

que en parte a mí me compete;
   que es don Fermando mi amigo,
y soy cierto y buen testigo
del mucho valor que encierra.

Alimuzel

Traen los casos de la guerra
diversos fines consigo.
   El valiente y fanfarrón
tal vez se ha visto vencido
del flaco de corazón;
que Alá da ayuda al partido
que defiende la razón.

Don Fernando

   Pues, ¿qué razón lleva en éste
alí?

Oropesa

    Tú harás que te cueste
la vida tu lengua necia.

Alimuzel

Si al que ama el Amor precia,
su santo favor me preste;
   que, sin razón y con él,
a don Fernando el valiente
vencerá el flaco Muzel.

Arlaxa

¡Qué plática impertinente!

Alimuzel

¡Qué corazón tan crüel!

Arlaxa

Quede el cristiano conmigo;
Alá vaya, Alí, contigo
y con Nacor.

Nacor

   Él te guarde.

Arlaxa	Volvedme a ver esta tarde.
Oropesa	¡Hola, soldado! ¿A quién digo? ¿Qué noramala, señor, os ha traído a este puesto tan contrario a vuestro honor?

Don Fernando	En buena te diré presto
	de mi fortuna el rigor:
	   No quiso el general mío
	que saliese al desafío
	que me hizo aqueste moro.
	Yo, por guardar el decoro
	que corresponde a mi brío,
	   me descolgué por el muro,
	y, cuando pensé hallar
	lo que aun agora procuro,
	un escuadrón vino a dar
	conmigo, estando seguro.
	   Era la noche cerrada,
	y, como vi defraudada
	mi esperanza tan del todo,
	con el tiempo me acomodo.
	Mentí; rendiles la espada;
	   díjeles que mi intención
	era venir a ponerme
	de grado en su sujeción,
	y que quisiesen traerme
	a reconocer patrón.
	   Dijéronme que este Alí
	era su señor, y así,
	vine sin fuerza y forzado.
	De todo cuenta te he dado;

no hay más que saber de mí.
    Calla mi nombre, que veo
que aquesta mora hermosa
tiene de verme deseo.

Oropesa

De tu fama valerosa
que está enamorada creo.
    No te des a conocer,
que deseos de mujer
se mudan a cada paso.

Don Fernando

Vuelve Muzel; habla paso.

Oropesa

No sé qué pueda querer.

Alimuzel

    Oropesa, escucha y calla,
y guárdame aquel secreto
que en tu discreción se halla,
que a tu bondad le prometo
con la mía de premialla.
    Yo te daré libertad,
y a ti, si tu voluntad
fuere de volverte a Orán,
mis designios te darán
honrosa comodidad.
    Solo os pido, en cambio desto,
que me descubráis un modo
tan honroso y tan compuesto
que en las partes y en el todo
eche de hidalguía el resto,
    el cual me vaya mostrando
en qué parte, cómo o cuándo,
ya en el campo o estacada,
pueda yo medir mi espada

con la del bravo Fernando.
    Quizá está en su vencimiento,
como Arlaxa significa,
de mi bien el cumplimiento,
si ya mi esperanza rica
no la empobrece su intento;
    que debe de ser doblado,
pues de lo que me ha mandado
todo se puede temer,
y no hay bien que venga a ser
seguro en el desdichado.

Don Fernando
    Yo te daré a tu enemigo
a toda tu voluntad,
como estoy aquí contigo,
sin usar de deslealtad,
que nunca albergó conmigo.

Alimuzel
    No es enemigo el cristiano;
contrario, sí; que el lozano
deseo de Arlaxa bella
presta para esta querella
la voz, el intento y mano.

Don Fernando
    Presto te pondré con él,
y fía aquesto de mí,
comedido Alimuzel;
y aun pienso hacer por ti
lo que un amigo fiel,
    porque la ley que divide
nuestra amistad no me impide
de mostrar hidalgo el pecho;
antes, con lo que es bien hecho
se acomoda, ajusta y mide.

Ve en paz, que yo pensaré
el tiempo que más convenga
para hacer lo que haré.

Alimuzel   Mahoma sobre ti venga,
y lo que puede te dé.

Don Fernando   ¡Gentil carga!

Oropesa   Y gentil presa.

Don Fernando   ¿Pesa mucho?

Oropesa   Poco pesa,
que está en fuego convertida.

Don Fernando   Mira que importa [a] la vida
tener secreto, Oropesa.

Guzmán   Señor alférez Robledo,
póngase luego entredicho
a esa plática.

Robledo   No puedo;
que, lo que sin miedo he dicho,
no lo desdigo por miedo.
    O él se fue a renegar,
o hizo mal en dejar
su presidio en tiempos tales.

Guzmán   De los hombres principales
no se debe así hablar.
    El renegar no es posible,
y si en ello os afirmáis,

mentís.

Robledo   ¡Oh trance terrible!

Guzmán   Agora sí que os halláis
                 en más dudoso imposible
                     si queréis satisfaceros.

Don Alonso   ¡Paso! ¡Teneos, caballeros!
                 ¿Por qué ha sido la pendencia?
                 Guzmán ¡Más agudo es de conciencia
                 este hidalgo que de aceros!
                     Ha afirmado que se es ido
                 a renegar don Fernando,
                 y, ¡vive Dios!, que ha mentido,
                 y mentirá cada y cuando
                 lo diga

Don Alonso.   ¡Descomedido!
                     Llévenle luego a una torre.

Guzmán   Ni me afrenta ni me corre
                 este agravio, porque nace
                 de la justicia que hace
                 al que su amigo socorre.

Don Alonso   Vaya el alférez, también,
                 y mientras que el cerco pasa
                 hagan treguas.

Robledo   Hazme un bien:
                 que sea la torre mi casa.

Don Martín   Sí, porque juntos no estén.

Uno	Señor, la guarda ha descubierto agora un bajel por la banda de Poniente.
Don Martín	¿Qué vela trae?
Uno	Entiendo que latina.
Don Alonso	Vamos a recebirle a la marina.

Fin de la primera jornada

Jornada segunda

Arlaxa	¿Cómo te llamas, cristiano, que tu nombre aún no he sabido?
Don Fernando	Es mi nombre Juan Lozano; nombre que es bien conocido por el distrito africano.
Arlaxa	Nunca le he oído decir.
Don Fernando	Pues él suele competir con el del bravo Fernando.
Arlaxa	¡Mucho te vas alabando!
Don Fernando	Alábome sin mentir.
Arlaxa	Pues, ¿qué hazañas has tú hecho?
Don Fernando	He hecho las mismas que él, con el mismo esfuerzo y pecho, y ya me he visto con él en más de un marcial estrecho.
Arlaxa	¿Es tu amigo?
Don Fernando	Es otro yo.
Arlaxa	¿Por ventura, di, salió a combatir con mi moro?
Don Fernando	Siempre de bravo el decoro en todo trance guardó.

Arlaxa	Dese modo, Alí es cobarde.
Don Fernando	Eso no; que pudo ser salir don Fernando tarde, cuando no pudiese hacer Alí de su esfuerzo alarde. Y imagino que este moro jarife, no con decoro de amigo, a Muzel da culpa.
Arlaxa	De su esfuerzo y de su culpa toda la verdad ignoro.
Don Fernando	Haz cuenta que te trae preso a Fernando tu Muzel; ¿qué piensas hacer por eso?
Arlaxa	Estimaré mucho en él de su esfuerzo el grande exceso. Tendré en menos al cristiano, cuyo nombre sobrehumano me incita y mueve el deseo de velle.
Oropesa	Pues yo le veo en solo ver a Lozano.
Arlaxa	¿Que tanto se le parece?
Oropesa	Yo no sé qué diferencia entre los dos se me ofrece; ésta es su misma presencia, y el brazo que le engrandece.

Arlaxa	¿Qué hazañas ha hecho ese hombre
	para alcanzar tan gran nombre
	como tiene?

Oropesa	Escucha una
	de su esfuerzo y su fortuna,
	que podrá ser que te asombre:
	Dio fondo en una caleta
	de Argel una galeota,
	casi de Orán cinco millas,
	poblada de turcos toda.
	Dieron las guardas aviso
	al general, y, con tropa
	de hasta trecientos soldados,
	se fue a requerir la costa.
	Estaba el bajel tan junto
	de tierra, que se le antoja
	dar sobre él: ved qué batalla
	tan nueva y tan peligrosa.
	Dispararon los soldados
	con priesa una vez y otra;
	tanto, que dejan los turcos
	casi la cubierta sola.
	No hay ganchos para acercar
	a tierra la galeota,
	pero el bravo don Fernando
	ligero a la mar se arroja.
	Ase recio de gúmena,
	que ya el turco apriesa corta,
	porque no le dan lugar
	de que el áncora recoja.
	Tiró hacia sí con tal fuerza,
	que, cual si fuera una góndola,

hizo que el bajel besase
el arena con la popa.
Salió a tierra y della un salto
dio al bajel, cosa espantosa,
que piensa el turco que el cielo
cristianos llueve, y se asombra.
Reconocido su miedo,
don Fernando, con voz ronca
de la cólera y trabajo,
grita: ``¡Vitoria, vitoria!''
La voz da al viento, y la mano
a la espada vitoriosa,
con que matando y hiriendo
corrió de la popa a proa.
él solo rindió el bajel;
mira, Arlaxa, si ésta es obra
para que la fama diga
los bienes que dél pregona.
Probado han bien sus aceros
los lindos de Melïona,
los elches de Tremecén
y los leventes de Bona.
Cien moros ha muerto en tra[n]ces,
siete en estacada sola,
docientos sirven al remo,
ciento tiene en las mazmorras.
Es muy humilde en la paz,
y en la guerra no hay persona
que le iguale, ya cristiana,
o ya que sirva a Mahoma.

Arlaxa   ¡Oh, qué famoso español!

Oropesa   Hércules, Héctor, Roldán

54

se hicieron en su crisol.

Arlaxa	Mejor no le ha visto Orán.
Oropesa	Ni tal no le ha visto el Sol.
Arlaxa	Aqueste Nacor me enfada; no me dejéis sola.
Oropesa	Honrada te le muestra y comedida.
Don Fernando	Da a sus razones salida: que espere, y no espere en nada.
Nacor	Hermosa Arlaxa, yo estoy resuelto en traerte preso al cristiano: y así, voy a Orán luego.
Arlaxa	Buen suceso y agüero espero y te doy, porque irás en gracia mía, y en verte tomó alegría desusada el corazón.
Nacor	Tienes, Arlaxa, razón; que yo la tendré algún día de rogarte que me quieras.
Arlaxa	Déjate agora de burlas, pues partes a tantas veras.
Don Fernando	Hará Nacor, si no burlas,

sus palabras verdaderas;
   que amante favorecido
es un león atrevido,
y romperá, por su dama,
por la muerte y por la llama
del fuego más encendido.

Oropesa   Concluyeras tú esta empresa
harto mejor que no él.

Don Fernando   Calla y escucha, Oropesa.

Nacor   Ya en este caso, Muzel
por vencido se confiesa,
   pues no hace diligencia
por traer a tu presencia
el que yo te traeré presto.

Arlaxa   Pártete, Nacor, con esto,
que gusto y te doy licencia.

Nacor   Dame las manos, señora,
por el favor con que animas
al alma que más te adora.

Arlaxa   En poco, Nacor, te estimas,
pues te humillas tanto agora.
   Eres jarife; levanta,
que verte a mis pies me espanta.
¿Qué dirá desto Mahoma?

Nacor   Estos rendimientos toma
él por cosa buena y santa.
   Queda en paz.

Arlaxa	Vayas con ella,
	que con el fin deste trance
	le tendrá el de tu querella.
Don Fernando	¡Echado ha el moro buen lance!
Oropesa	Ella es falsa cuanto es bella.
Arlaxa	Venid, que habemos de ir
	los tres a ver combatir
	a mis amantes valientes.
Oropesa	Si nos vieren ir las gentes,
	tarde nos verán venir.
Vozmediano	¿Priesa por llegar a Orán,
	y priesa por salir dél?
	¡Muy bien nuestras cosas van!
Margarita	Préciase Amor de crüel,
	y tras uno da otro afán.
Vozmediano	Ya os he dicho, Margarita,
	que su daño solicita
	quien camina tras un ciego.
Margarita	Ayo y señor, yo no niego
	que esa razón es bendita;
	pero, ¿qué puedo hacer,
	si he echado la capa al toro
	y no la puedo coger?
Vozmediano	Menos te la podrá un moro,

si bien lo miras, volver.

Margarita   ¿Que sea moro don Fernando?

Vozmediano   Así lo van pregonando
los niños por la ciudad.

Margarita   ¡Que haya hecho tal maldad!
¡De cólera estoy rabiando!
    No lo creo, Vozmediano.

Vozmediano   Haces bien; pero yo veo
que ni moro ni cristiano
parece.

Margarita   Verle deseo.

Vozmediano   Siempre tu deseo es vano.

Margarita   Quiérelo así mi ventura,
pero no será tan dura
que no dé fin a mis penas
con darme en estas arenas
berberisca sepultura.

Vozmediano   No dirás, señora, al menos,
que no te he dado consejos
de bondad y de honor llenos.

Margarita   Los prudentes y los viejos
siempre dan consejos buenos:
    pero no vee su bondad
la loca y temprana edad,
que en sí misma se embaraza,

ni cosa prudente traza
fuera de su voluntad.

Buitrago   Vuestras mercedes me den
para las ánimas luego,
que les estará muy bien.

Margarita   Si ellas arden en mi fuego...

Vozmediano   Pasito, Anastasio, ten:
no digas alguna cosa
malsonante, aunque curiosa.

Margarita   Váyase, señor soldado,
que no tenemos trocado.

Buitrago   ¡La respuesta está donosa!
Denme, ¡pese a mis pecados!

(Aparte.)   (¡Siempre yo de aquesta guisa
medro con almidonados!)
Denme, que vengo deprisa,
y ellos están muy pausados.
¡Oh, qué novatos que están
de lo que se usa en Orán
en esto de las demandas!
Descoja sus manos blandas
y dé limosna, galán.
¿Qué me mira? Acabe ya:
eche mano, y no a la espada
que su tiempo se vendrá.

Vozmediano   La limosna que es rogada
más fácilmente se da
que la que se pide a fuerza.

Buitrago

Ósase en aquesta fuerza
de Orán pedirse deste arte;
que son las almas de Marte,
y piden siempre con fuerza.

    Nadie muere aquí en el lecho,
a almidones y almendradas,
a pistos y purgas hecho;
aquí se muere a estocadas
y a balazos roto el pecho.

    Bajan las almas feroces,
tan furibundas y atroces,
que piden que acá se pida
para su pena afligida
a cuchilladas y a voces.

    En fin: las almas de Orán,
que tienen comedimiento,
aunque en purgatorio están,
dicen que vuelva en sustento
la limosma que me dan.

    A la parte voy con ellas,
remediando sus querellas
a fuerza de avemarías,
y mis hambrientas porfías
con lo que me dan para ellas.

Vozmediano

Hermano, yo no os entiendo,
y no hay limosma que os dar.

Buitrago

¡De gana me voy riendo!
¿Y adónde se vino a hallar
el parentesco tremendo?

    ¿Hace burla en ver el traje,
entre pícaro y salvaje?

Pues sepa que este sayal
tiene encubierto algún al
que puede honrar un linaje.
  El conde es éste, ¡qué pieza!;
que, cuando me da, le dan
mil vaguidos de cabeza.
Pobretas almas de Orán,
que estáis en vuestra estrecheza,
  rogad a Dios que me den,
porque si yo como bien,
rezaré más de un rosario,
y os haré un aniversario
por siempre jamás. Amén.

Nacor   Digo, señor, que entregaré sin duda
la presa que he contado fácilmente
en el silencio de la noche muda
con muy poquito número de gente;
y, porque al hecho la verdad acuda,
las manos a un cordel daré obediente;
dejaréme llevar, siendo yo guía
que os muestre el aduar antes del día.
  Y solo quiero desta rica presa,
por quien mi industria y mi traición trabaja,
un cuerpo que a mi alma tiene presa:
quiero a la bella sin igual Arlaxa.
Por ella tengo tan infame empresa
por ilustre, por grande, y no por baja:
que, por reinar y por amor no hay culpa
que no tenga perdón y halle disculpa.
  No siento ni descubro otro camino,
para ser posesor de aquesta mora,
que hacer este amoroso desatino,
puesto que en él crueldad y traición mora.

ámola por la fuerza del destino,
y, aunque mi alma su beldad adora,
quiérola cautivar para soltalla,
por si puedo moverla o obligalla.

Don Alonso   No estamos en sazón que nos permita
sacar de Orán un mínimo soldado;
que el cerco que se espera solicita
que ponga en otras cosas mi cuidado.

Nacor   La vitoria en la palma traigo escrita;
en breves horas te daré acabado,
sin peligro, el negocio que he propuesto;
si presto vamos, volveremos presto.

Don Alonso   Esta tarde os daré, Nacor, respuesta;
esperad hasta entonces.

Nacor   Soy contento.

Don Martín   Empresa rica y sin peligro es ésta,
si cierta fuese.

Guzmán   Yo por tal la cuento:
hace la lengua al alma manifiesta.
Declarado ha Nacor su pensamiento
con tal demonstración, con tal afecto,
que, si vamos, el saco me prometo.

Don Martín   Cubre el traidor sus malas intenciones
con rostro grave y ademán sincero,
y adorna su traición con las razones
de que se precia un pecho verdadero.
De un Sinón aprendieron mil Sinones,

y así, el que es general, al blando o fiero
razonar del contrario no se rinde,
sin que primero la intención deslinde.

Don Alonso   Hermano, así se hará; no tengáis
miedo
que yo me arroje o precipite en nada.
¿Hicistes ya las treguas con Robledo,
y queda ante escribano confirmada?

Don Martín   Gran cólera tenéis, Guzmán.

Guzmán   No puedo
tenerla en la ocasión más enfrenada.

Don Alonso   Podréis darle la rienda entre enemigos,
y es prudencia cogerla con amigos.
        Pues, Buitrago, ¿qué hacemos?

Buitrago   Aquí asisto,
procurando sacar de aqueste esparto
jugo de algún plus ultra, y no le he visto
siquiera de una tarja ni de un cuarto.
Así guardan la ley de Jesucristo
aquéstos como yo cuando estoy harto,
que no me acuerdo si hay cielo ni tierra;
solo a mi vientre acudo y a la guerra.

Margarita   Pide limosna en modo este soldado,
que parece que grita o que reniega,
y yo estoy en España acostumbrado
a darla a quien por Dios la pide y ruega.

Buitrago   Quiérosela pedir arrodillado;

	veré si la concede o si la niega.
Vozmediano	Ni tanto, ni tan poco.
Buitrago	Soy cristiano.
Margarita	¿Ya no le han dicho que no hay blanca, hermano?
Buitrago	¿Hermano? ¡Lleve el diablo el parentesco y el ladrón que le halló la vez primera! Descosa, pese al mundo, ese grigüesco, desgarre esa olorosa faltriquera. De aquestas pinturitas a lo fresco, ¿qué se puede esperar?
Vozmediano	Ésa es manera de hacer sacar la espada y no el dinero.
Don Alonso	¡Paso, Buitrago!
Margarita	¡A fe de caballero!
Don Martín	No os enfadéis, galán, que deste modo se pide la limosna en esta tierra; todo es aquí braveza, es aquí todo rigor y duros términos de guerra.
Buitrago	Y yo, que a lo de Marte me acomodo, y a lo de Dios es Cristo, doy por tierra con todo el bodegón, si con floreos responden a mis gustos y deseos.
Don Martín	En fin, ¿que aqueste galán es de Jerez?

Vozmediano	Y de nombre,
	de los buenos que allí están,
	y hijo, señor, de un hombre
	que en Francia fue capitán.
	Quedó rico y con hacienda;
	dejómele a mí por prenda
	mi hermana, que fue su madre,
	y yo quise que del padre
	siguiese la honrada senda.
	Supe el cerco que se espera,
	y con su gusto le truje,
	que sin él no le trajera,
	y a esta dura le reduje
	de su vida placentera;
	que, en los grados de alabanza,
	aunque pervierta la usanza
	el adulador liviano,
	no alcanza un gran cortesano
	lo que un buen soldado alcanza.
Don Alonso	Así es verdad, y agradezco
	venida de tales dos,
	y a servírosla me ofrezco.
Buitrago	¡Que no me darán por Dios
	lo que por mí no merezco!
	¡Voto a Cristóbal del Pino,
	que si una vez me amohíno,
	que han de ver quién es Callejas!
	Busquen alivio a sus quejas,
	almas, por otro camino.
	Buscaréle yo también
	para mi hambre insolente,

o me den, o no me den;
que nunca muere un valiente
de hambre.

Don Martín   Dices muy bien.

Buitrago   No digo sino muy mal.
¿Es eso por excusarse
de no sacar un real?

Don Alonso   Vamos, que ya de enojarse
Buitrago nos da señal,
y no quiero que lo esté.

Buitrago   Con aqueso comeré.
¡No fuera yo motilón,
o mozo de bodegón,
y no soldado!

Margarita   ¿Por qué?

Buitrago   Yo me entiendo, so galán;
vaya y guarde su dinero.
¡Adiós, mi señor Guzmán!

Guzmán   Guzmán No, no; convidaros quiero;
¡por vida del capitán!,
venid, Buitrago, conmigo.

Buitrago   En seguirte sé que sigo
a un Alejandro y a un Marte.

Margarita   Señor, llégate a esta parte,
que tengo que hablar contigo.

                         Resuelta estoy.

Vozmediano   En tu daño.

Margarita   No me atajes; déjame
                  relatar mi mal estraño.

Vozmediano   ¿Ya no sabes que lo sé,
                  por mi mal más ha de un año?

Margarita   Dime, señor: ¿tú no sientes
                  que con nuevos acidentes
                  cada día amor me embiste?

Vozmediano   Y sé que no los resiste
                  tu alma, pues los consientes.

Margarita   Déjate de aconsejarme,
                  y dame ayuda, si quieres;
                  que lo demás es matarme.

Vozmediano   Por quien soy y por quien eres,
                  siempre te oiré sin cansarme,
                      y siempre te ayudaré,
                  porque a ello me obligué
                  cuando de venir contigo
                  como ayo y como amigo
                  te di la palabra y fe.
                      Di, en fin, ¿qué piensas hacer?

Margarita   Yo, por soldado a esta empresa,
                  con extraño parecer,
                  pues procuraré ser presa,
                  puesto que vaya a prender.

Procuraré ser cautiva;
que de la dura y esquiva
tormenta que siente el alma,
el sosiego, gusto y palma,
en disparates estriba.
    Sabré [ser] cautiva de quien
me cautivó sin sabello,
pensando de hacerme bien;
daré al moro perro el cuello
porque a mi alma me den.
    Que no es posible sea moro
quien guardó tanto el decoro
de cristiano caballero;
y si fuere esclavo, quiero
dar por él mil montes de oro.
    De que los halle no dude
nadie: que el cielo al deseo
del aflicto siempre acude.

Vozmediano   El gran Dios dese deseo
                  impertinente te mude.

Margarita   ¿Habrá más de rescatarme,
                  dando tiempo al informarme
                  de lo que voy a saber?
                  Que en el mal de irme a perder
                  consiste el bien de ganarme.
                      Venid, señor Vozmediano;
                  negociaréis mi salida
                  con el escuadrón cristiano.

Vozmediano   ¿Dónde quieres ir, perdida?

Margarita   Aconsejarme es en vano.

Vozmediano	Yo haré con su señoría que se oponga a tu partida.
Margarita	Si esto me impedís, señor, haré otro yerro mayor, con que lloréis más de un día. Echada está ya la suerte; yo he de seguir mi destino, aunque me lleve a la muerte.
Vozmediano	Del amor el desatino cualquier bien en mal convierte. ¡En mal punto me encargué de ti! ¡En mal punto dejé la patria por tus antojos!
Margarita	Tal vez, tras nubes de enojos, de esperanza el Sol se ve.
Arlaxa	¿Adónde está Alimuzel? Oropesa, ¿dó te has ido? Y mi Lozano, ¿qué es dél? ¡Cielo, escucha mi gemido; no te me muestres crüel!
Alimuzel	Bella Arlaxa, aquí me tienes.
Arlaxa	Amigo, a buen tiempo vienes.
Oropesa	¿Qué es lo que mandas, señora?
Arlaxa	Vengas, amigo, en buen hora. Lozano, ¿en qué te detienes?

Don Fernando	Aquí estoy, señora mía.
	¿Qué me mandas? Dilo, acaba.
Arlaxa	¡Desdichada dicha mía!
Alimuzel	¿Qué has, Arlaxa?
Arlaxa	Yo soñaba
	que esta noche, al alba fría,
	daban sobre este aduar
	cristianos, y, a mi pesar,
	Nacor me llevaba presa,
	y desperté con la presa
	del asalto y del gritar;
	y he venido a socorrerme
	de vosotros con el miedo
	que el sueño pudo ponerme,
	y, aunque os veo, apenas puedo
	sosegarme ni valerme.
	Tengo a Nacor por traidor,
	y no me deja el temor
	fiar de vuestra lealtad.
Alimuzel	No son los sueños verdad;
	no tengas miedo, mi amor;
	y si lo son, juzga y piensa
	que a tu lado hallarás
	quien no consienta tu ofensa.
Arlaxa	Contra el hado es por demás
	que valga humana defensa.
Don Fernando	No te congojes, señora,

70

que si llegare la hora
de verte en aquese aprieto,
librarte dél te prometo
por el Dios que mi alma adora.
    Si no quedase cristiano
en Orán, y aquí viniese
tan arrojado y ufano
que la vitoria tuviese
tan cierta como en la mano,
    será esta mía bastante
para que el más arrogante
vuelva humilde y sin despojos.
Tiemple aquesto tus enojos,
no pase el miedo adelante,
    que haré más de lo que digo;
y de que prometo poco,
mis obras serán testigo.

Oropesa
    O está don Fernando loco,
o es ya de Cristo enemigo.
    Pelear contra cristianos
promete. Venid, hermanos,
que yo, con mejor conciencia,
pasaré la diligencia
a los pies, y no a las manos.

Don Fernando
    Alí, dame tú una espada
y un turbante, con que pueda
la cabeza estar guardada.

Oropesa
    Señora, ¿dónde se queda
tu condición arrojada?
    Agora verás hender,
herir, matar y romper.

                        Deja venir al cristiano.

Arlaxa   Es accidental y vano
                        tal deseo en la mujer,
                            y fácilmente se trueca;
                        y, antes que la espada, agora
                        tomaría ver la rueca.

Alimuzel   El que te ofende, señora,
                            contra todo el mundo peca.
                                Ven, cristiano, a tomar armas.

Oropesa   Mira contra quién te armas,
                        Lozano.

Don Fernando   ¡Calla, Oropesa!

Oropesa   En armarte a tal empresa,
                        de tu valor te desarmas.

Nacor   Valeroso Guzmán, éste es, sin duda,
                            el vendido aduar, el paraíso
                            do está la gloria que mi alma busca.
                            Con la caballería, como es uso,
                            le puedes coronar a la redonda,
                            porque apenas se escape un solo moro.

Guzmán   No tengo tanta gente para tanto.

Nacor   Cerca, pues, por lo menos, esta parte,
                            que responde derecha a una montaña
                            que está cerca de aquí, donde, sin duda,
                            harán designio de acogerse cuantos
                            sobresaltados fueren esta noche.

72

Guzmán	Dices muy bien.
Nacor	Pues manda que me suelten, porque vaya a buscar el grande premio que pide la amorosa traición mía.
Buitrago	Eso no, ¡vive Dios!, hasta que vea cómo se entabla el juego, ¡so Mahoma! Estése atraillado como galgo, porque hasta ver las li[e]bres no le suelto.
Nacor	Señor Guzmán, agravio se me hace.
Guzmán	Buitrago, suéltale, y a Dios; y embiste.
Buitrago	Contra mi voluntad le suelto. Vaya.
Nacor	Venid, que yo pondré la gente en orden, de modo que no haya algún desorden.
Margarita	¡Pobre de mí! ¿Dónde quedo? ¿Adónde me trae la suerte, confusa y llena de miedo? ¿Qué cosa haré con que acierte, si ninguna cosa puedo? ¡Oh amoroso desvarío, que ciegas el albedrío y la razón tienes presa! ¿Qué sacaré desta empresa, de quién temo y de quién fío? Soy mariposa inocente que, despreciando el sosiego, simple y presurosamente

me voy entregando al fuego
de la llama más ardiente.
　　Estos pasos son testigos
que huyo de los amigos,
y, llena de ceguedad,
de mi propria voluntad
me entrego a los enemigos.

Buitrago
　　¡Por aqueste portillo se desagua
el aduar! ¡Soldados, aquí, amigos!
¡Tente, perro cargado; tente, galgo!

Nacor
Amigo soy, señor.

Buitrago
　　　　¡No es éste tiempo
para estas amistades! ¡Tente, perro!

Nacor
¡Muerto soy, por Alá!

Buitrago
　　　　¡Por San Benito,
que he pasado a Nacor de parte a parte,
y que ésta debe ser su amada ingrata!

Arlaxa
Cristiano, yo me rindo; no ensangrientes
tu espada en mujeril sangre mezquina.
Llévame do quisieres.

Alimuzel
La voz oigo
de Arlaxa bella, que socorro pide.
¡Ah perro, suelta!...

Buitrago
¡Suéltala tú, podenco sin provecho!
¿No hay quien me ayude aquí?

Arlaxa	Mientras pelean aquestos dos, podrá ser escaparme, si acaso acierto de tomar la parte que lleva a la montaña.
Margarita	Si me guías, seré tu esclavo, tu defensa y guarda hasta ponerte en ella. Ven, señora.
Buitrago	¡ánimas de purgatorio, favorecedme, señoras, que mi peligro es notorio, si ya no estáis a estas horas durmiendo en el dormitorio! De vuestro divino aliento con mayor fuerza me siento. ¡Perro, el huir no te cale! ¡Ahora verán si vale Buitrago, por más de ciento!
Guzmán	¡O eres diablo, o no eres hombre! ¿Quién te dio tal fuerza, perro?
Don Fernando	No os admire ni os asombre, Guzmán, que haga este yerro quien respeta vuestro nombre.
Guzmán	¿Sois, a dicha, don Fernando?
Don Fernando	El mismo que estáis mirando, aunque no me veis, amigo.
Guzmán	¿Sois ya de Cristo enemigo?

Don Fernando	Ni de veras, ni burlando.
Guzmán	Pues, ¿cómo sacas la espada contra él?
Don Fernando	Vendrá sazón más llana y acomodada, en que te dé relación de mi pretensión honrada. Cristiano soy, no lo dudes.
Guzmán	¿Por qué a defender acudes este aduar?
Don Fernando	Porque encierra la paz que causa esta guerra, la salud de mis saludes. Dos prendas has de dejar, y carga, amigo, con todo cuanto hay en este aduar.
Guzmán	A tu gusto me acomodo, no quiero más preguntar; pero, porque no se diga que tengo contigo liga, tú, pues bastas, lo defiende.
Buitrago	En vano, moro, pretende tu miedo que no te siga, que tengo para ofenderte dos manos y dos mil almas, que a mis pies han de ponerte.
Don Fernando	Otros despojos y palmas

puedes, amigo, ofrecerte,
que éste no.

Alimuzel
Deja, Lozano,
que este valiente cristiano
en grande aprieto me ha puesto.

Don Fernando
Ve tú a socorrer el resto,
y éste déjale en mi mano,
que yo daré cuenta dél.

Arlaxa (Dentro.)
¡Lozano, que voy cautiva!
¡Que voy cautiva, Muzel!

Alimuzel
¡Fortuna, a mi suerte esquiva,
cielo envidioso y crüel,
ejecutad vuestra rabia
en mi vida, si os agravia;
dejad libre la de aquélla,
que os podéis honrar con ella
por hermosa, honesta y sabia!

Don Fernando
¡Todos sois pocos soldados!

Guzmán
Ésta es la mora en quien tiene
don Fernando sus cuidados;
dejársela me conviene.

Buitrago
Aquí hay moros encantados
o cristianos fementidos,
que ha llegado a mis oídos,
creo, el nombre de Lozano.

Don Fernando
Vuestro trabajo es en vano,

cristianos mal advertidos,
que esta mora no ha de ir presa;
entrad en el aduar,
y hallaréis más rica presa.

Buitrago ¡Désta irás a señalar,
perro, el tanto de tu fuesa!

Alimuzel ¡Muerto soy; Alá me ayude!

Arlaxa ¡Acude, Lozano, acude,
que han muerto a tu grande amigo!

Don Fernando Vengaréle en su enemigo,
aunque de intención me mude.
¡No te retires, aguarda!

Buitrago ¿Yo retirar? ¡Bueno es eso!
Si tuviera una alabarda,
le partiera hasta el güeso.
¡Oh, cómo el perro se guarda!

Don Fernando Éste que va a dar el pago
de tus bravatas, Buitrago,
mejor cristiano es que tú.

Buitrago ¡Que te valga Bercebú,
y a mí Dios y Santïago!
Di quién eres, que, sonando
el eco, me trae con miedo
la habla de don Fernando.

Don Fernando El mismo soy.

Buitrago	¡Oh Robledo, verdadero y memorando, y cuánta verdad dijiste! Sin razón le desmentiste, Guzmán atrevido y fuerte. Yo quiero huir de la muerte que en esas manos asiste.
Don Fernando	¿Cómo, di, tú no peleas, te retiras o te vas, antes que tu prisión veas?
Margarita	¡Extraños consejos das a quien la muerte deseas! Mas no puedo retirarme ni pelear, y he de darme de cansado a moras manos, que se van ya los cristianos, y tú no querrás dejarme.
Guzmán (Dentro.)	¡Al retirar, cristianos! ¡Toca, Robles! ¡A retirar, a retirar, amigos! No se quede ninguno, y los cansados a las ancas los suban los jinetes, y en la mitad del escuadrón recojan la presa. ¡Al retirar, que viene el día!
Don Fernando	Yo te pondré en las ancas de un caballo de los tuyos, amigo; no desmayes.
Margarita	Mayor merced me harás si aquí me dejas.
Don Fernando	¿Quieres quedar cautivo por tu gusto?

Margarita	Quizá mi libertad consiste en eso.
Don Fernando	¿Hay otros don Fernandos en el mundo? Demos lugar que los cristianos pasen; retiraos a esta parte.
Margarita	Yo no puedo.
Don Fernando	Dadme la mano, pues.
Margarita	De buena gana.
Don Fernando	¡Jesús, y qué desmayo!
Margarita	Gentilhombre, ¿lleváisme a los cristianos, o a los moros?
Don Fernando	A los moros os llevo.
Margarita	No querría que fuésedes cristiano y me engañásedes.
Don Fernando	Cristiano soy; pero, ¡por Dios!, que os llevo a entregar a los moros.
Margarita	¡Dios lo haga!
Don Fernando	De novedades anda el mundo lleno. ¿Estáis herido acaso?
Margarita	No. Estoy bueno.
Oropesa	No, sino estaos atenido a los consejos de un loco,

enamorado y perdido.
Mucho llevo en esto poco;
voy libre y enriquecido.
  Ya en mi libertad contemplo
un nuevo y estraño ejemplo
de los casos de fortuna,
y adornarán la coluna
mis cadenas de algún templo.

Bairán   Digo, señor, que la venida es cierta,
  y que este mar verás y esta ribera,
  él de bajeles lleno, ella cubierta
  de gente inumerable y vocinglera.
  De Barbarroja el hijo se concierta
  con Alabez y el Cuco, de manera
  que en su favor más moros dan y ofrecen
  que en clara noche estrellas se parecen.
    Los turcos son seis mil, y los leventes
  siete mil, toda gente vencedora;
  veinte y seis las galeras, suficientes
  a traer municiones de hora en hora.
  Andan en pareceres diferentes
  sobre cuál destas plazas se mejora
  en fortaleza y sitio, y creo se ordena
  de dar a San Miguel la buena estrena.
    Esto es, señor, lo que hay del campo moro,
  y en Argel el armada queda a punto,
  y Azán, el rey, guardando su decoro,
  que es diligente, la traerá aquí al punto.

Don Alonso De sus designios poco o nada ignoro,
  mas, por tu relación cuerda, barrunto
  que a San Miguel el bárbaro amenaza,
  como más flaca, aunque importante plaza.

Pero, puesto le tengo en tal reparo,
tales soldados dentro dél he puesto,
que al bárbaro el ganarle será caro,
muy más que en su designio trae propuesto.
Idos a reposar, mi amigo caro,
y el agradecimiento y paga desto
esperadla de mí, con la ventaja
que aquel merece que cual vos trabaja.
¿No tarda ya Guzmán?

Don Martín   Las centinelas
le han descubierto ya.

Don Alonso.   Venga en buen hora.

Don Martín   Su premio habrá Nacor de sus cautelas
cobrado, su adorada ingrata mora.
¡Amor, como otro Marte nos desvelas;
furia y rigor en tus entrañas mora;
hasta las religiosas almas dañas,
y fundas en traiciones tus hazañas!

Guzmám   Tus manos pido, y de las mías toma,
o, por mejor decir, de tus soldados,
amorosos despojos de Mahoma.
Volvemos, como fuimos, alentados,
mejorados en honra y buena fama,
y en ropa y en esclavos mejorados.
Nacor no trae a su hermosa dama;
que Buitrago apagó con fuerte acero
del moro infame la amorosa llama.

Buitrago   Paséle, por la fe de caballero,
por entrambas ijadas, ignorando

que fuese el que el aviso dio primero;
　　y si no lo estorbara don Fernando,
diera con más de dos patas arriba,
que con él se me fueron escapando.

Don Alonso　　　¿Que, en fin, se volvió moro?

Oropesa　　　　　　　No se escriba,
　　se diga o piense tal de quien su intento
en ser honrado y valeroso estriba.
　　Yo sé de don Fernando el pensamiento,
y sé que presto volverá a servirte
con las veras que ofrece su ardimiento.

Guzmám　　　Que él es cristiano sé,
señor, decirte;
　　que él se nombró conmigo combatiendo.

Don Martín　　　¿Y procuraba, por ventura, herirte?

Guzmán　　　　　Con tiento pareció que iba esgrimiendo,
y palabras me dijo en el combate
por quien fui sus designios conociendo.

Don Martín　　　Deste caso, señores, no se trate;
ya, por lo menos, ha caído en culpa,
y no hay disculpa a tanto disparate.

Don Alonso　　　Salió sin mi licencia: ya le culpa,
y más el escalar de la muralla,
insulto que jamás tendrá disculpa.

Guzmám　　　Precipitóle honor: vistió la malla
por conservar su crédito famoso;
huyóle el moro; fue a buscar batalla.

Don Martín	¡Por cierto, oh buen Guzmán, que estáis donoso!
	Pues, ¿cómo no se ha vuelto, o cómo muestra
	contra cristianos ánimo brioso?

Oropesa	Él dará presto de su intento muestra,
	sacando, en gloria de la ley cristiana,
	a luz la fuerza de su honrada diestra.

Don Alonso	Venid; repartiré de buena gana
	lo que deste despojo a todos toca;
	que el gusto crece lo que así se gana.

Vozmediano	¡Válgame Dios, si se quedó la loca,
	si se quedó la sin ventura y triste,
	que así su suerte y su valor apoca!
	Dime, señor, si por ventura viste
	aquel soldado que partió conmigo
	cuando a la empresa do has venido fuiste;
	aquel bisoño manicorto, digo,
	que no te quiso dar limosna un día,
	y habrá hasta seis que vino aquí conmigo.

Buitrago	¿No es aquel del entono y bizarría,
	de las plumas volantes y del rizo,
	que me habló con remoques y acedías?

| Vozmediano | Aquese mismo. |

| Buitrago | No sé qué se hizo. |

Vozmediano	¿Adónde estarás agora,
	moza por tus pies llevada
	do toda miseria mora,
	de mandar a ser mandada,

esclava de ser señora?
   ¿Que es posible que un deseo
incite a tal devaneo?
Y éste es, en fin, de tal ser,
que no lo puedo creer,
y con los ojos lo veo.

Don Fernando   Para ser mozo y galán
y al parecer bien nacido,
muchos desmayos os dan:
señal de que habéis comido
mucha liebre y poco pan.
   Quien se rinde a su enemigo,
en sí presenta testigo
de que es cobarde.

Margarita   Es verdad,
pero trae mi poca edad
grande disculpa consigo.
   El que mis cuitas no siente,
hará de mi miedo alarde,
pero yo sé claramente
que hice más en ser cobarde
que no hiciera en ser valiente.
   ¡Desdichada de la vida
a términos reducida
que busca con ceguedad
en la prisión libertad
y a lo imposible salida!

Arlaxa   ¿Qué sabes si este soldado,
cual tú, tiene aquella queja
de valiente mal pagado?

Don Fernando   Fácil conocer se deja
que le aflige otro cuidado;
    que sus años, cual él muestra,
no habrán podido dar muestra,
por ser pocos, de los hechos
que, por ser mal satisfechos,
muestran voluntad siniestra.
    Y el ofrecerle caballo
para que volviese a Orán,
y el no querer acetallo,
unas sospechas me dan
que por su honra las callo.
    Quizá la vida le enfada
soldadesca y desgarrada,
y como el vicio le doma,
viene tras la de Mahoma,
que es más ancha y regalada.

Margarita   En mi edad, aunque está en flor,
he alcanzado y conocido
que no hay mal de tal rigor
que llegue al verse ofendido,
el que es honrado, en su honor.
    Y más si culpa no tiene;
que cuando la infamia viene
a quien la busca y procura,
es menor la desventura
que la deshonra contiene.
    Y así, me será forzoso
para huir la infamia y mengua
de mal cristiano y medroso,
que os descubra aquí mi lengua
lo que apenas pensar oso.
    Si gustáis de estarme atentos,

veréis que paran los vientos
su veloz curso a escucharme,
y veréis que fue el quedarme
honra de mis pensamientos.

Alimuzel

El remedio que aplicaste,
bella Arlaxa, de tu mano,
fue tal, que en él te mostraste
ser un ángel soberano
que a la vida me tornaste.
    Conságrotela dos veces:
una porque la mereces,
y la otra te consagro
por el estraño milagro
con que tu fama engrandeces.

Arlaxa

Sosiégate y no me alabes,
que el médico ha sido Alá
de tus heridas tan graves.
Comienza, cristiano, ya
la historia que alegre acabes.

Margarita

    Sí haré; más tú verás,
en el cuento que me oirás,
que no dan los duros hados
a principios desdichados
alegres fines jamás.
    Nací en un lugar famoso,
de los mejores de España,
de padres que fueron ricos
y de antigua y noble casta;
los cuales, como prudentes,
apenas mi edad temprana
dio muestras de entendimiento,

cuando me encierran y guardan
en un santo monesterio
de la virgen Santa Clara;
ique soy mujer sin ventura,
que soy mujer desdichada!

Arlaxa   ¡Santo Alá! ¿Qué es lo que dices?

Margarita   ¿Desto poquito te espantas?
Ten silencio, hermosa mora,
hasta el fin de mis desgracias;
que, aunque ellas jamás le tengan,
yo me animaré a contallas,
si es posible, en breve espacio
y con sucintas palabras.
No me encerraron mis padres
sino para la crïanza,
y fue su intención que fuese,
no monja, sino casada.
Faltáronme antes de tiempo;
que la inexorable Parca
cortó el hilo de sus vidas
para añadirle a mis ansias.
Quedé con solo un hermano,
de condición tan bizarra,
que parece que en él solo
hizo asiento la arrogancia.
Llegó la edad de casarme;
hiciéronle mil demandas
de mí; no acudió a ninguna,
fundándose en leves causas;
y, entre los que me pidieron,
fue uno que con la espada
satisfizo a la respuesta,

según se la dieron mala.

Alimuzel   Escucha, que oigo clarines,
oigo trompetas y cajas;
algún escuadrón es éste
de turcos que hacia Orán marcha.

Moro   Si lo que dejó el cristiano
no quieres, hermosa Arlaxa,
no lo acaben de talar
diez escuadrones que pasan,
ven, señora, a defenderlo;
que con tu presencia, Arlaxa,
pararás al Sol su curso
y suspenderás las armas.

Alimuzel   Bien dice, señora; vamos,
que lugar habrá mañana
para oír si aquesta historia
en fin triste o alegre acaba.

Arlaxa   Vamos, pues; y vos, hermosa
y lastimada cristiana,
no os pene si a vuestras penas
el oíllas se dilata.

Margarita   Como no tengo, señora,
ningún alivio en contarlas,
tengo a ventura el estorbo
que de tal silencio es causa.

Don Fernando   ¡Válgame Dios, qué sospechas
me van encendiendo el alma!
Muchas cosas imagino,

y todas me sobresaltan.
Desesperado esperando
he de estar hasta mañana,
o hasta el punto que el fin sepa
de la historia comenzada.

Fin de la segunda jornada

Jornada tercera

Cuco

Hermosísima Arlaxa. tu belleza
puede volver del mesmo Marte airado
en mansedumbre su mayor braveza,
y dar leyes al mundo alborotado.

Alabez

Puedes, con tu estremada gentileza,
suspender los estremos del cuidado
que amor pone en el alma que cautiva,
y hacer que en gloria sosegada viva.

Cuco

Puede la luz desos serenos ojos
prestarla al Sol, y hacerle más hermoso;
puede colmar el carro de despojos
del dios antojadizo y riguroso.

Alabez

Puede templar la ira, los enojos
del amante olvidado y del celoso;
puedes, en fin, parar, sin duda alguna,
el curso volador de la Fortuna.

Arlaxa

Nace de vuestra rara cortesía
la sin par que me dais dulce alabanza,
porque no llega la bajeza mía
adonde su pequeña parte alcanza.
Tendré por felicísimo este día,
pues en él toma fuerzas mi esperanza
de ver mis aduares mejorados,
viendo a sus robadores castigados.
    Cien canastos de pan blanco apurado,
con treinta orzas de miel aún no tocada,
y del menudo y más gordo ganado
casi os ofrezco entera una manada;

dulce lebeni en zaques encerrado,
agrio yagurt. Y todo aquesto es nada
si mi deseo no tomáis en cuenta,
que en su virtud la dádiva se aumenta.

Cuco   Admitimos tu oferta, y prometemos
            de vengarte de aquel que te ha ofendido;
            que, en fe de haberte visto, bien podemos
            mostrar el corazón algo atrevido.

Alabez   Arlaxa, queda en paz, porque tenemos
            el tiempo limitado y encogido.

Arlaxa   Viváis alegres siglos y infinitos,
            reyes del Cuco y Alabez invitos.
                Vuelve a seguir tu comenzada historia,
            cristiana, sin que dejes cosa alguna
            que puedas reducir a la memoria
            de tu adversa o tu próspera fortuna.

Margarita   Pasadas penas en presente gloria
            el contarlas la lengua no repugna;
            mas si el mal está en ser que se padece,
            al contarle, la lengua se enmudece.

                Quedé, si mal no me acuerdo,
            en una mala respuesta
            que dio mi bizarro hermano
            a un caballero de prendas,
            el cual, por satisfacerse,
            muy malherido le deja.
            Ausentóse y fuese a Italia,
            según después tuve nuevas.
            Tardó mi hermano en sanar

mucho tiempo, y no se acuerda
en mucho más de su hermana,
como si ya muerta fuera.
Vi que volaban los tiempos,
y que encerraban las rejas
el cuerpo, mas no el deseo,
que es libre y muy mal se encierra.
Vi que mi hermano aspiraba,
codicioso de mi hacienda,
a dejarme entre paredes,
medio viva y medio muerta.
Quise casarme yo misma;
mas no supe en qué manera
ni con quién; que pocos años
en pocos casos aciertan.
Dejóme un viejo mi padre,
hidalgo y de intención buena,
con el cual me aconsejase
en mis burlas y en mis veras.
Comuniquéle mi intento;
respondióme que él quisiera
que el caballero que tuvo
con mi hermano la pendencia,
fuera aquel que me alcanzara
por su legítima prenda,
porque eran tales las suyas,
que por estremo se cuentan.
Pintómele tan galán,
tan gallardo en paz y en guerra,
que en relación vi a un Adonis,
y a otro Marte vi en la Tierra.
Dijo que su discreción
igualaba con sus fuerzas,
puesto que valiente y sabio

pocas veces se conciertan.
Estaba yo a sus loores
tan descuidada y atenta,
que tomó el pincel la fama,
y en el alma las asienta;
y amor, que por los oídos
pocas veces dicen que entra,
se entró entonces hasta el alma
con blanda y honrada fuerza;
y fue de tanta eficacia
la relación verdadera,
que adoré lo que los ojos
no vieron ni ver esperan;
que, rendida a la inclemencia
de un antojo honrado y simple,
mudé traje y mudé tierra.
A mi sabio consejero
fuerzo a que conmigo venga;
que ánimo determinado,
de imposibles no hace cuenta.

Arlaxa

No te suspendas; prosigue
tu bien comenzado cuento,
que ninguna cosa siento
en él que a gusto no obligue,
   y aun a pesar.

Don Fernando (Aparte.)

       (Y es de modo,
según que voy discurriendo,
que al alma va suspendiendo
con la parte y con el todo.)

Margarita

Enamorada de oídas

del caballero que dije,
me salí del monesterio,
y en traje de hombre vestíme.
Dejé el hermano y la patria,
y, entre alegre y entre triste,
con mi consejero anciano
a la bella Italia vine.
De la mitad de mi alma,
para que yo más le estime,
supe allí que en estacada
venció a tres, y quedó libre,
y que la parlera fama,
que más de lo que oye dice,
le trujo a encerrar a Orán,
que espera el cerco terrible.
En alas de mi deseo,
desde Nápoles partíme;
llegué a Orán, facilitando
cualquier dudoso imposible,
y, apenas pisé su arena,
cuando alborotada fuime
a saber, sin preguntallo,
de quien me tiene tan triste.
Dél supe, y pluguiera al cielo,
que consuela a los que aflige,
que nunca yo lo supiera.

Don Fernando   Di presto lo que supiste.

Margarita   Supe que a volverse moro,
cosa, a pensarla, imposible,
dejó los muros de Orán,
y que en vuestra secta vive.
Yo, por no vivir muriendo

entre sospechas tan tristes,
a trueco de ser cautiva,
todo el hecho saber quise;
y así, arrojada y ansiosa,
entre los cristianos vine,
de quien fue Nacor la guía,
que los trujo a lo que vistes.
Ya me quedé, y soy cautiva,
y ya os pregunto si vistes
a este cristiano que busco,
o a este moro que acogistes.
Llamábase don Fernando
de Saavedra, de insignes
costumbres y claro nombre,
como su fama lo dice.
Por él y por mi rescate,
si dél sabéis, se apercibe
mi lengua a ofreceros tanto,
que pase de lo posible.
Ésta es mi historia, señores;
nunca alegre, siempre triste;
si os he cansado en contalla,
lo que me mandastes hice.

Arlaxa

Cristiana, de tu dolor
casi siento la mitad;
que tal vez curiosidad
fatiga como el amor.
    Y al que te enciende en la llama
de amor con tantos extremos,
como tú, le conocemos
solamente por la fama.

Alimuzel

¿Debajo de cuál estrella

ese cristiano ha nacido,
que aun de quien no es conocido
los deseos atropella?
    Ese amigo por quien lloras,
y en quien pones tus tesoros,
las vidas quita a los moros,
y las almas a las moras.

Don Fernando
    Que no es moro está en razón;
que no muda un bien nacido,
por más que se vea ofendido,
por otra su religión.
    Puede ser que a ese español,
que agora tanto se encubre,
alguna causa le encubre,
como alguna nube al Sol.
    Mas dime: ¿quién te asegura
que, después de haberle visto,
quede en tu pecho bienquisto?
Que engendra amor la hermosura,
    y si él carece della,
como imagino y aun creo,
faltando causa, el deseo
faltará, faltando en ella.

Margarita
    La fama de su cordura
y valor es la que ha hecho
la herida dentro del pecho:
no del rostro la hermosura;
    que ésa es prenda que la quita
el tiempo breve y ligero,
flor que se muestra en enero,
que a la sombra se marchita.
    Ansí que, aunque en él hallase

no el rostro y la lozanía
que pinté en mi fantasía,
no hay pensar que no le amase.

Don Fernando   Con esa seguridad,
presto me ofrezco mostrarte
al que puede asegurarte
el gusto y la libertad.
    Muda ese traje indecente,
que en parte tu ser desdora,
y vístete en el de mora,
que la ocasión lo consiente;
    y con Arlaxa y Muzel
los muros de Orán veremos,
donde, sin duda, hallaremos
tu piadoso o tu crüel;
    que no es posible dejar
de hallarse en aquesta guerra,
si no le ha hundido la tierra
o le ha sorbido la mar.
    Alimuzen, no te tardes;
ven, y mira que es razón;
que en semejante ocasión
no es bien parecer cobarde[s].

Alimuzel   Haz cuenta que a punto estoy.

Arlaxa   A mí nada me detiene.

Margarita   Ya veis si a mí me conviene
seguiros.

Don Fernando   Pues pase hoy;
    y mañana, cuando dan

las aves el alborada,
demos a nuestra jornada
principio y al fin de Orán.
    ¿Queda así?

Alimuzel   No hay que dudar.

Arlaxa   ¿Cómo te llamas, señora?

Margarita   Margarita; mar do mora[n]
gustos que me han de amargar.

Arlaxa   Ven, que el amor favorece
siempre a honestos pensamientos.

Don Fernando   (¡Qué atropellados contentos
la ventura aquí me ofrece!)

Buitrago   ¡Arma, arma, señor, con toda priesa!;
porque en el charco azul columbro y veo
pintados leños de una armada gruesa
hacer un medio círculo y rodeo;
el viento el remo impele, el lienzo atesa;
el mar tranquilo ayuda a su deseo.
Arma, pues, que en un vuelo se avecina,
y viene a tomar tierra a la marina.

Don Alonso   Turcos cubren el mar, moros la tierra;
don Fernando de Cárcamo al momento
a San Miguel defienda, y a la guerra
se dé principio con furor sangriento.
Mi hermano, que en Almarza ya se encierra,
mostrará de quién es el bravo intento;
que este perro, que nunca otra vez ladre,

es el que en Mostagán mordió a su padre.

Guzmán   Mal puedes defenderle la ribera.

Don Alonso   No hay para qué, si todo el campo cubre
                  del Cuco y Alabez la gente fiera,
                  tanta, que hace horizonte lo que encubre,
                  y los que van poblando la ladera
                  de aquel cerro empinado que descubre
                  y mira esento nuestros prados secos,
                  son los moros de Fez y de Marruecos.
                  Coronen las murallas los soldados,
                  y reitérese el arma en toda parte;
                  estén los artilleros alistados,
                  y usen certeros de su industria y arte;
                  los a cosas diversas diputados
                  acudan a su oficio, y dese a Marte
                  el que a Venus se daba, y haga cosas
                  que sean increíbles de espantosas.

Buitrago   Ánimas, si queréis que al ejercicio
                  vuelva de mis plegarias y rosario,
                  pedid que me haga el cielo beneficio
                  que siquiera no falte el ordinario;
                  que, aunque de Marte el trabajoso oficio
                  en mi estómago pide estraordinario,
                  con diez hogazas que me envíe, sienta
                  que a seis bravos soldados alimenta.

Bairán   Don Francisco, el hermano del valiente
                  don Juan, que naufragó en la Herradura,
                  apercibe gran número de gente,
                  y socorrer a esta ciudad procura.
                  Don álvaro Bazán, otro excelente

caballero famoso y de ventura,
tiene cuatro galeras a su cargo,
y éste ha de ser de tu designio embargo.

Azán   Su arena piso ya; de Orán colijo
no aquella lozanía que dijiste:
solo por tocar arma ya me aflijo,
y ver quién será aquel que me resiste.

Alabez   Quien al padre venció vencerá al hijo.
No hay que esperar, ¡oh grande Azán!, embiste;
que el tiempo que te tardas, ése quitas
a tus vitorias raras e infinitas.

Cuco   Tienes presente, ¡oh rey Azán!, la gloria
de la &áacute;frica y la flor de Berbería;
un ángel es que anuncia tu vitoria,
que el cielo, donde él vive, te le envía.

Azán   Tendré yo para siempre en la memoria
esta merced, ¡oh gran señora mía!,
bella y sin par Arlaxa, en cuanto el cielo
pudo de bien comunicar al suelo.
    ¿Qué buscas entre el áspero ruïdo
del cóncavo metal, que, el aire hiriendo,
no ha de llevar a tu sabroso oído
de Apolo el son, mas el de Marte horrendo?

Arlaxa   El tantarán del atabal herido,
el bullicio de guerra y el estruendo
de gruesa y disparada artillería
es para mí süave melodía.
    Cuanto más, que yo vengo a ser testigo
de tus raras hazañas y excelentes,

	y a servirte estos dos truje conmigo,
	que cuanto son gallardos son valientes.
Azán	De agradecer tanta merced me obligo
	cuando corran los tiempos diferentes
	de aquéstos, porque el fruto de la guerra
	en la paz felicísima se encierra.
Roama	El bergantín que de la Vez se llama
	cautivaron anoche tus fragatas;
	y éste, que es un don Juan de Valderrama,
	venía en él.
Azán	¿Por qué no le desatas?
Alabez	¿Cómo sabes su nombre tú, Roama?
Roama	Él me lo ha dicho así.
Azán	Pues mal le tratas;
	si es caballero, suéltale las manos.
Don Juan	¿Qué es lo que veo, cielos soberanos?
Azán	¿De qué tierra eres, cristiano?
Don Juan	De Jerez de la Frontera.
Azán	¿Eres hidalgo o villano?
Alabez	Vestir de aquella manera
	los villanos no es muy llano.
Don Juan	Caballero soy.

Azán	¿Y rico?
Don Juan	Eso no; pues que me aplico a ser soldado, señal que de bienes me va mal; y esto os juro y certifico.
Alabez	De cristianos juramentos está preñada la tierra, lleno el mar, densos los vientos.
Azán	¿Y venías...?
Don Juan	A la guerra.
Azán	¡Honrados son tus intentos!
Margarita	¡Éste es mi hermano, señora!
Arlaxa	Disimula como mora, y cúbrete el rostro más. Cuco ¡Buena guerra agora harás!
Don Juan	¿Y cómo la hago agora?
Azán	¿Qué nuevas hay en España?
Don Juan	No más de la desta guerra, y que ya estás en campaña.
Azán	Dirán que mi intento yerra en emprender tal hazaña; el socorro aprestarán,

el mundo amenazarán,
y, estándole amenazando,
llegarán a tiempo cuando
yo esté en sosiego en Orán.
	Preséntote este cristiano,
Arlaxa, como en indicio
de lo que en servirte gano;
y acepta el primer servicio
que recibes de mi mano;
	que otros pienso de hacerte
con que mejores la suerte
de tu aduar saqueado.

Arlaxa		Tenga el grande Alá cuidado,
			grande Azán, de engrandecerte.

Alabez		Azán Vamos, que Marte nos llama
			a ejercitar el rigor
			que enciende tu ardiente llama.

Arlaxa		Mahoma te dé favor
			que aumente tu buena fama.
				Ven, cristiano, y darme has cuenta
			de quién eres.

Don Juan				¡No consienta
			el cielo que éste sea aquel
			que, enamorado y crüel,
			pudo hacerme honrada afrenta!

Don Fernando		Escucha, cristiano, espera.

Don Juan		Ya espero, ya escucho, y veo
			lo que nunca ver quisiera,

si me pinta aquí el deseo
esta visión verdadera.

Don Fernando   ¿Qué murmuras entre dientes?

Don Juan   ¿Qué me quieres?

Don Fernando   Que me cuentes
quién eres.

Don Juan   Pues, ¿qué te importa?

Don Fernando   Hacer tu desgracia corta.

Don Juan (Aparte.)   (¡Podrá ser que me la aumentes!
     Muestran que no es opinión
los sobresaltos que paso,
mas cosa puesta en razón,
que, sin duda, hace caso
tal vez la imaginación,
     pues pienso que estoy mirando
el rostro de don Fernando,
su habla, su talle y brío;
pero que esto es desvarío
su traje me va mostrando.)

Don Fernando   ¿Todo ha de ser murmurar,
cristiano?

Don Juan   Perdona, moro,
que no me dejan guardar
el cortesano decoro
las ansias de mi pesar.
     Y más, que tú me enmudeces;

porque tanto te pareces
a un cristiano, que me admiro,
que le veo si te miro,
y él mismo en ti mismo ofreces.

Don Fernando   En Orán hay un cristiano
que dicen que me parece
como esta mano a esta mano,
y que si acaso se ofrece
vestir hábito africano,
      ningún moro hay que le vea
que no diga que yo sea,
y juzgue con evidencia
que solo nos diferencia
su vestido y mi librea.
      No le he visto y voy trazando
verle, que verle deseo,
ya en paz, o ya peleando.

Don Juan   ¿Cómo se llama?

Don Fernando   Yo creo
que se llama don Fernando,
      y tiene por sobrenombre
Saavedra.

Don Juan   Ése es el hombre
por quien con mil males lucho.

Don Fernando   Desa manera, no es mucho
que mi presencia te asombre.

Roama   Arlaxa y Fátima están
esperándote, cautivo.

Don Fernando	Ve en paz; que, rendido Orán,
	si el otro yo queda vivo,
	tendrá remedio tu afán.
Don Juan	Estimo tu buen deseo;
	mas, con todo aquesto, creo...
	pero no, no creo nada;
	que es cosa desvariada
	dar crédito a lo que veo.
Don Fernando	Entre sospechas y antojos,
	y en gran confusión metido,
	va don Juan lleno de enojos,
	pues le estorba este vestido
	no dar crédito a sus ojos.
	No se puede persuadir
	que yo pudiese venir
	a ser moro y renegar;
	y así, se deja llevar
	de lo que quise fingir.
	Su confesión está llana,
	y más lo estará si mira
	y si conoce a su hermana;
	que entonces no habrá mentira
	que no se tenga por vana.
	Pregunto: ¿en qué ha de parar
	este mi disimular,
	y este vestirme de moro?
	En que guardaré el decoro
	con que más me pueda honrar.
Don Alonso	Veinte asaltos creo que son
	los que han dado a San Miguel,

y éste, según es crüel,
me muestra su perdición.
    No podrá más don Fernando
de Cárcamo.

Guzmán
    No, sin duda;
mas, si no se le da ayuda,
su fin le está amenazando.
    Fuerza que no se socorre,
haz cuenta que está rendida.

Azán
San Miguel va de vencida,
que gran morisma allá corre.

Roama
    San Miguel se ha entrado ya,
y, sobre el muro español,
son tus medias lunas Sol,
el más bello que hizo Alá.
    Fuéronse a Mazalquivir
algunos que se escaparon.
Azán Algún tanto dilataron
esos perros el vivir.

Alabez
    Desta huida no se arguye
el refrán que el vulgo trata,
que es hacer puente de plata
al enemigo que huye.

Cuco
Hoy de aquel gran capilludo
las memorias quedarán
enterradas con Orán,
pues tú puedes más que él pudo.

Azán
¡Valeroso don Martín,

que te precias de otro Marte,
espera, que voy a darte,
a tu usanza, un San Martín!

Don Juan
    Ayer me entró por la vista
cruda rabia a los sentidos,
y hoy me entra por los oídos,
sin haber quien la resista.
    Ayer la suerte inhumana,
a quien mil veces maldigo,
me hizo ver mi enemigo,
y hoy me hace oír mi hermana.
    Quítate el velo, señora,
y sacarme has de una duda
por quien tiembla el alma y suda.

Margarita
¿Otra vez? No puedo agora.

Don Juan
    ¡Ay Dios, que la voz es ésta
de mi buscada enemiga!

Margarita
Si el oírme te fatiga,
jamás te daré respuesta.

Don Juan
    No me tengas más suspenso;
descúbrete, que me das,
mientra que cubierta estás,
un dolor que llega a inmenso.

Arlaxa
Fátima, por vida mía,
que te descubras; veremos
por qué hace estos extremos
este cristiano.

Margarita	Sí haría,
	si no me importase mucho
	encubrirme desta suerte.
Don Juan	Los ecos son de mi muerte
	los que en esta voz escucho.
Arlaxa	Descúbrete, no te asombres;
	que has de saber, si lo ignoras,
	que nunca para las moras
	los cristianos fueron hombres.
	Ya no es nadie el que es esclavo;
	no tienes que recelarte.
Margarita	Yo daré, por contentarte,
	con mis designios al cabo.
Arlaxa	(Que te conozca, no importa;
	cuanto más, que has de negallo
Margarita	Dudosa en todo me hallo.
Arlaxa	Ten ánimo, no seas corta.)
Margarita	Descúbrome; vesme aquí,
	cristiano; mírame bien.
Don Juan	¡Oh, el mismo rostro de quien
	aquí me tiene sin mí!
	¡Oh hembra la más liviana
	que el Sol ha visto jamás!
	¡Oh hermana de Satanás
	primero que no mi hermana!
	Por ejemplos más de dos

	he visto puesto en efeto
	que, en perdiéndose el respeto
	al mundo, se pierde a Dios.
Arlaxa	¿Qué dices, perro?
Don Juan	Que es ésta mi hermana.
Arlaxa	¿Fátima?
Don Juan	Sí.
Arlaxa	¡En mi vida vi ni oí tan linda y graciosa fiesta! ¡Tuya mi hermana! ¿Estás loco? Mírala bien.
Don Juan	Ya la miro.
Arlaxa	¿Qué dices, pues?
Don Juan	Que me admiro, y en el jüicio me apoco. Por dicha, ¿hace Mahoma milagros?
Arlaxa	Mil a montones.
Don Juan	¿Y hace transformaciones?
Arlaxa	Cuando voluntad le toma.
Don Juan	¿Y suele muda[r], tal vez,

en mora alguna cristiana?

Arlaxa   Sí.

Don Juan   Pues aquésta es mi hermana,
y la tuya está en Jerez.

Arlaxa   ¡Roama, Roama, ven!

Roama   Señora; ¿qué es lo que mandas?

Arlaxa   Que pongas las carnes blandas
a este perro.

Roama.   Está bien.

Arlaxa   Con un corbacho procura
sacarle de la intención
una cierta discreción
que da indicios de locura.

Margarita   De cualquiera maleficio,
Arlaxa, que al hombre culpa,
le viene a sobrar disculpa
en la falta del juïcio.
No le castigues ansí
por cosa que es tan liviana.

Don Juan   ¡J[u]ro a Dios que eres mi hermana,
o el diablo está hablando en ti!

Arlaxa   ¿No oyes, Fátima, que dan
asalto a Mazalquivir,
que hasta aquí se hace sentir

en el conflito en que están?
    Deja a ese perro, y acude,
por si lo podremos ver.

Margarita   Siempre te he de obedecer.

Don Juan   ¡Y quieren que desto dude!
                       Por ser grande la distancia
                   que hay de mi hermana a ser mora,
                   imagino que en mí mora
                   gran cantidad de ignorancia.
                       Extraño es el devaneo
                   con quien vengo a contender,
                   pues no me deja creer
                   lo que con los ojos veo.

Don Martín   ¡Gente soberbia y crüel,
                   a quien ayuda la suerte,
                   no penséis que es éste el fuerte
                   tan flaco de San Miguel!
                       ¡Bravo Guzmán, gran Buitrago,
                   hoy ha de ser vuestro día!

Buitrago   Déjeme vueseñoría
                   que me esfuerce con un trago.
                       ¡Échenme destos alanos
                   agora de dos en dos,
                   porque yo les juro a Dios
                   que han de ver si tengo manos!

Azán   Al embestir no se tarde;
                   porque quiero estar presente,
                   para honrar al que es valiente
                   y dar infamia al cobarde.

Muzel, una escala toma,
y muéstranos que te dan,
como a melionés galán,
[manos las del gran Mahoma.]
¡Ea; al embestir, amigos;
amigos, al embestir;
que hoy será Mazalquivir
sepultura de enemigos!

Don Fernando   Ya no es tiempo de aguardar
a designios prevenidos,
viendo que están oprimidos
los que yo debo ayudar.
¡Baja, Muzel!

Alimuzel   ¿Por ventura,
quiéresme quitar la gloria
desta ganada vitoria?

Don Fernando   Aún más mi intento procura.

Alimuzel   ¡Que me derribas! ¡Espera,
que ya abajo a castigarte!

Don Fernando   Aunque bajase el dios Marte
acá de su quinta esfera,
no le estimaré en un higo.
¡Oh, cómo que trepa el galgo!

Alimuzel   Poco puedo y poco valgo
con este amigo enemigo.
¿Por qué contra mí, Lozano,
esgrimes el fuerte acero?

Don Fernando	Porque soy cristiano, y quiero mostrarte que soy cristiano.
Don Martín	¡Disparen la artillería! ¡Aquí, Buitrago y Guzmán! ¡Robledo, venga alquitrán! ¡Arrojad esa alcancía! ¡Allí, que se sube aquél!
Don Fernando	Donde yo estoy, este muro estará siempre seguro; y, aunque le pese a Muzel, este perro vendrá al suelo.
Azán	¿Quién es aquél que derriba a cuantos suben arriba?
Cuco	Que es renegado recelo; pero yo lo veré presto, y le haré que se arrepienta.
Azán	A un rey no toca esa afrenta.
Cuco	Mahoma se sirve en esto.
Guzmán	Buitrago, el que nos defiende es, sin duda, don Fernando.
Buitrago	Aqueso estaba pensando, porque a los moros ofende.
Cuco	¡Renegado, perro, aguarda!
Don Fernando	¡Rey del Cuco, perro, aguardo!

Cuco	¿Cómo en tu muerte me tardo?
Don Fernando	Pues la tuya ya se tarda. Alimuzel, désta vas, y tú, rey, irás de aquésta. ¡Concluyóse ya esta fiesta!
Cuco	¡Muy mal herido me has!
Alimuzel	¡Muerto me has, moro fingido y cristiano mal cristiano!
Don Fernando	Tengo pesada la mano y alborotado el sentido; Dios sabe si a mí me pesa. Gran don Martín valeroso, haz que desciendan al foso y recojan esta presa.
Guzmán	Don Fernando, señor, es, que viene a hacer recompensa de la cometida ofensa: diez ha herido, y muerto a tres; y el rey del Cuco es aquél que yace casi difunto.
Don Martín	Pues socorrámosle al punto.
Guzmán	Y el otro es Alimuzel.
Don Martín	Vayan por la casamata al foso, y retírenlos.

Buitrago	Vamos por ellos los dos.

Azán	Ya no es la empresa barata,
	    pues me cuesta un rey, y tantos
	que en veinte asaltos han muerto.
	¿Alboroto, y en el puerto
	(¿qué podrá ser?) de los Santos?
	    Campanas en la ciudad
	suenan, señal de alegrías,
	y tocan las chirimías;
	aquésta es gran novedad.
	    Vamos a ver lo que es esto,
	y toquen a recoger.

Alabez	No sé lo que pueda ser.
Azán	Pues yo lo sabré bien presto.
Guzmán	Al retirar, don Fernando, que en gran peligro estás puesto.
Don Fernando	No lo pienso hacer tan presto.
Buitrago	Pues, ¿cuándo?

Don Fernando	Menos sé cuándo.
	    Yo, que escalé estas murallas,
	aunque no para huir dellas,
	he de morir al pie dellas,
	y con la vida amparallas.
	    Conozco lo que me culpa,
	y, aunque a la muerte me entregue,
	haré la disculpa llegue
	adonde llegó la culpa.

Buitrago	Yo sé muy poco, y diría, y está muy puesto en razón, que la desesperación no puede ser valentía.

Guzmán	Menos riesgo está en ponerte
	del conde a la voluntad
	que hacer la temeridad
	donde está cierto el perderte.
	   Procúrate retirar,
	pues es cosa conocida
	que al mal de perder la vida
	no hay mal que pueda llegar.
	   En efecto: has de ir por fuerza,
	si ya no quieres de grado.

Don Fernando	De vuestra fuerza me agrado, pues más obliga que fuerza. Retirad aquesos dos del foso, que es gente ilustre.
Buitrago	Locura fuera de lustre el quedarte, ¡juro a Dios!
Roama	Éste, pasando de Orán a Mazalquivir, fue preso.
Azán	Éste nos dirá el suceso y por qué alegres están.
Vozmediano	Porque les entró un socorro, que por él, ¡oh gran señor!, a la hambre y al temor

han dado carta de horro.
    Un don Álvaro Bazán,
terror de naciones fieras,
a pesar de tus galeras,
ha dado socorro a Orán.
    En la cantidad es poco,
y en el valor sobrehumano.

Don Juan
Si aquéste no es Vozmediano,
concluyo con que estoy loco.

Vozmediano
¡Suerte airada, por quien vivo
en pena casi infinita!
Aquélla, ¿no es Margarita,
y su hermano aquel cautivo?

Azán
¿Hay nuevas de otro socorro,
cristiano?

Vozmediano
                Dicen que sí.

Don Juan
De haber dudado hasta aquí
ya me avergüenzo y me corro.
    ¿No os llamáis vos Vozmediano?

Vozmediano
No, señor.

Don Juan
                ¿Qué me decís?

Vozmediano
Que no.

Don Juan
                ¡Por Dios, que mentís!

Vozmediano
Estoy preso y soy cristiano,

y así, no os respondo nada.

Don Juan   ¿Aquélla no es Margarita,
                  viejo ruin?

Vozmediano   Es infinita
                  vuestra necedad pensada.
                      Pedro Álvarez es mi nombre:
                  ved si os habéis engañado.

Don Juan   El seso tengo turbado;
                  no hay cosa que no me asombre.
                      Que si éste no es Vozmediano
                  y no es Margarita aquélla,
                  y el que causó mi querella
                  no es el otro mal cristiano,
                      tampoco soy yo don Juan,
                  sino algún hombre encantado.

Moro   ¿Cómo estás tan sosegado,
                  valeroso y fuerte Azán?
                      Si tardas un momento, no habrá fusta,
                  galera ni bajel de cuantos tienes
                  en este mar que no sea miserable
                  presa del español, que a remo y vela
                  viene a embestirte. Rey Azán, ¿qué aguardas?

Azán   Todo moro se salve, que los turcos
                  solos se han de embarcar. ¡Adiós, amigos!

Arlaxa   Fátima, no me dejes; ven conmigo,
                  que tiempo habrá donde a tu gusto acudas.

Margarita   No te puedo faltar; guía, señora.

Don Juan	Solos quedamos, hombre, y solo quiero que me digas quién eres; que yo pienso que eres un Vozmediano de mi tierra.
Vozmediano	No es éste tiempo para tantas largas; la libertad tenemos en las manos; dejalla de cobrar será locura. Pedro &áacute;lvarez me llamo por agora.
Don Juan	¿Cómo podré dejarte, hermana o mora?
Don Martín	¡Oh, que se embarca el perro y que se escapa! Dobla la punta, general invicto, y embístele.
Guzmán	Por más que lo procura, no es posible alcanzarle.
Don Fernando	¡A orza, a orza, con la vela hasta el tope! ¡Oh, que se escapa! De Canastel el cabo dobla, y vase.
Don Martín	Los perros de la tierra, en remolinos confusos, con el miedo a las espaldas, huyen y dejan la campaña libre.
Buitrago	Toda la artillería se han dejado.
Guzmán	Las proas endereza nuestra Armada al puerto, y ya de Orán el conde insigne ha salido también.
Don Martín	A la marina,

que el bravo don Francisco de Mendoza
no tardará en llegar.

Don Fernando   Amigo, escucha:
¿no ves aquel montón que va huyendo
de moros por la falda del ribazo?

Guzmán   Muy bien. ¿Por qué lo dices?

Don Fernando   Allí creo
que va desta alma la mitad.

Guzmán   ¿Va Arlaxa?

Don Fernando   Arlaxa va.

Guzmán   ¡Mahoma la acompañe!

Don Fernando   Ven, que con ella va la que me lleva
el alma, y me conviene detenellas;
sígueme, que has de hacer por mí otras cosas
que me importan la honra.

Guzmán   Yo te sigo;
que hasta la aras he de serte amigo.

Don Alonso   Sea vuesa señoría bien venido,
cuanto ha sido el deseo
que de verle estas fuerzas han tenido.

Don Francisco   El cielo, a lo que creo,
en mi mucha tardanza ha sido parte,
porque viese esta tierra más de un Marte;
    que de aquestas murallas las rüinas

	muestran que aquí hubo brazos de fuerzas que llegaron a divinas.
Buitrago	Rompen por embarazos imposibles los hartos y valientes, y esto saben mis brazos y mis dientes.
Don Martín	¡Paso, Buitrago!
Buitrago	Yo, señor, bien puedo hablar, pues soy soldado tal, que a la hambre sola tengo miedo. Ya el cerco es acabado.
Don Martín	No es para aquí, Buitrago, aqueso. ¡Paso!
Buitrago	Nadie sabe la hambre que yo paso.
Don Alonso	Cincuenta y siete asaltos reforzados dieron los turcos fieros a estos terrones por el suelo echados.
Buitrago	Cincuenta y siete aceros tajantes respondieron a sus bríos, todos en peso destos brazos míos. Corté y tajé más de una turca estambre.
Don Alonso	¡Buitrago, basta agora!
Buitrago	Bastará, a no morirme yo de hambre.
Don Francisco	En vuestro pecho mora, famoso don Martín, la valentía.

Buitrago	Y en el mío la hambre y sed se cría.
Don Francisco	Haráse lo que pide don Fernando; que todo lo merece lo que dél va la fama publicando. Coyuntura se ofrece donde alegre y seguro venir puede.
Guzmán	Tu gran valor al que es mayor excede.
Don Francisco	Pido, en albricias deste buen suceso, señor conde, una cosa que por algo atrevida la confieso, mas no dificultosa.
Don Alonso	¿Qué me puede mandar vueseñoría que no haga por deuda o cortesía?
Don Francisco	De don Fernando Saavedra pido perdón, porque su culpa con su fogoso corazón la mido, y el dará su disculpa.
Don Alonso	Muy mal la podrá dar; pero, con todo, señor, a vuestro gusto me acomodo.
Don Fernando	Si confesar el delito, con claro arrepentimiento, mitiga en parte la ira del juez que es sabio y recto, yo, arrepentido, aunque tarde, el mal que hice confieso, sin dar más disculpa dél

que un honrado pensamiento.
A la voz del desafío
deste moro corrí ciego,
sin echar de ver los bandos,
que al más bravo ponen freno.
Pero no es éste lugar
para alargarme en el cuento
de mi extraña y rara historia,
que dejo para otro tiempo.

Don Alonso   Agradecedlo al padrino
que habéis tenido, que creo
que allí llegará la pena
do llegó el delito vuestro.
Pero, ¿qué moras son éstas?,
¿y qué cautivos? ¿Qué es esto?

Don Fernando   Todo lo sabrás después,
y por agora te ruego
que me des, señor, licencia,
para hablar solo un momento
y acomodar muchas causas
de quien verás los efectos.

Don Alonso   Hablad lo que os diere gusto,
que del vuestro le tendremos;
que siempre vuestras palabras
responden a vuestros hechos.

Don Fernando   Yo soy, Arlaxa, el cristiano,
y entiende que ya no miento,
don Fernando, el de la fama,
que te enamoró el deseo.
La palabra que le diste

a Alimuzel tenga efecto,
que él hará entrego de mí,
pues yo en sus manos me entrego.
Y vos, don Juan valeroso,
cuyo honrado y noble intento
os trujo a tal confusión
que os turbó el conocimiento,
perdonad a vuestra hermana,
que el romper del monesterio
redundará en su alabanza,
señor, si vos gustáis dello.
Sin dote será mi esposa;
que nunca falta el dinero
donde los gustos se miden
y se estrechan los deseos.
En esta mora en el traje
a vuestra hermana os ofrezco,
y a mi esposa, si ella quiere.

Margarita   Yo sí quiero.

Don Fernando   Yo sí quiero.

Don Juan   ¿No es aquéste Vozmediano?

Vozmediano   El mismo.

Don Juan   ¡Gracias al cielo
que, tras de tantos nublados,
claro el Sol y alegre veo!
No es este famoso día
de venganzas, y no tengo
corazón a quien no ablande
tal sumisión y tal ruego.

Yo perdono a Margarita,
y por esposa os la entrego,
Alejandro de mi hacienda,
pues la mitad os ofrezco.

Arlaxa   Y yo la mano a Muzel;
que, aunque mora, valor tengo
para cumplir mi palabra;
cuanto más, que lo deseo.

Don Alonso   Tan alegre destas cosas
estoy, cuanto estoy suspenso,
porque dellas veo el fin,
y no imagino el comienzo.

Don Fernando ¿Ya no te he dicho, señor,
que te lo diré a su tiempo?

Uno   En este punto espiró
el buen alférez Robledo.

Guzmán   Dios le perdone, y mil gracias
doy al piadoso cielo,
que me quitó de los hombros
tan pesado sobrehueso.
Quien quiere tener la vida
rendida a cualquier encuentro,
y no tener gusto en ella
ni velando ni durmiendo,
afrente a algún bien nacido,
y verá presente luego
el rostro que el temor tiene,
la sospechas y el recelo.

Buitrago	Quien quisiere se le quite todo temor, todo miedo, tenga hambre, y verá como cesa todo en no comiendo.
Don Martín	Yo añadiré las raciones, Buitrago.
Buitrago	¡Hágate el cielo vencedor nunca vencido por casi siglos eternos!
Don Alonso	Entremos en la ciudad, señor don Francisco.
Don Francisco	Entremos, porque a la vuelta me llaman estos favorables vientos, y quiero deste principio entender estos sucesos, porque, en ser de don Fernando, gustaré de que sean buenos.
Buitrago	Tóquense las chirimías y serán, si bien comemos, dulces y alegres las fiestas.
Guzmán	¿Y si no?
Buitrago	Renegaremos.
Uno	¡Buitrago, daca el alma!
Buitrago	¡Hijo de puta! ¿Tenemos

más almas que dar, bellaco?

Uno   ¡Daca el alma!

Buitrago   ¡Por San Pedro,
             que si os asgo, hi de poltrón,
             que habéis de saber si tengo
             alma que daros!

Guzmán   Buitrago,
             no haya más, que llega el tiempo
             de dar fin a esta comedia,
             cuyo principal intento
             ha sido mezclar verdades
             con fabulosos intentos.

             Fin

Libros a la carta

A la carta es un servicio especializado para

empresas,

librerías,

bibliotecas,

editoriales

y centros de enseñanza;

y permite confeccionar libros que, por su formato y concepción, sirven a los propósitos más específicos de estas instituciones.

Las empresas nos encargan ediciones personalizadas para marketing editorial o para regalos institucionales. Y los interesados solicitan, a título personal, ediciones antiguas, o no disponibles en el mercado; y las acompañan con notas y comentarios críticos.

Las ediciones tienen como apoyo un libro de estilo con todo tipo de referencias sobre los criterios de tratamiento tipográfico aplicados a nuestros libros que puede ser consultado en Linkgua-ediciones.com.

Linkgua edita por encargo diferentes versiones de una misma obra con distintos tratamientos ortotipográficos (actualizaciones de carácter divulgativo de un clásico, o versiones estrictamente fieles a la edición original de referencia).

Este servicio de ediciones a la carta le permitirá, si usted se dedica a la enseñanza, tener una forma de hacer pública su interpretación de un texto y, sobre una versión digitalizada «base», usted podrá introducir interpretaciones del texto fuente. Es un tópico que los profesores denuncien en clase los desmanes de una edición, o vayan comentando errores de interpretación de un texto y esta es una solución útil a esa necesidad del mundo académico.

Asimismo publicamos de manera sistemática, en un mismo catálogo, tesis doctorales y actas de congresos académicos, que son distribuidas a través de nuestra Web.

El servicio de «libros a la carta» funciona de dos formas.

1. Tenemos un fondo de libros digitalizados que usted puede personalizar en tiradas de al menos cinco ejemplares. Estas personalizaciones pueden ser de todo tipo: añadir notas de clase para uso de un grupo de estudiantes, introducir logos corporativos para uso con fines de marketing empresarial, etc. etc.

2. Buscamos libros descatalogados de otras editoriales y los reeditamos en tiradas cortas a petición de un cliente.

www.ingramcontent.com/pod-product-compliance
Lightning Source LLC
Chambersburg PA
CBHW050827180626
46814CB00004B/1493